AS HISTÓRIAS DO RABI NAKHMAN

Coleção Paralelos
Dirigida por J. Guinsburg

Equipe de realização – Tradução: Fany Kon e J. Guinsburg; Revisão de provas: Tania Maeta; Projeto gráfico e capa: Adriana Garcia; Assessoria editorial: Plinio Martins Filho; Produção: Ricardo W. Neves, Adriana Garcia e Heda Maria Lopes.

AS HISTÓRIAS DO RABI NAKHMAN

Coletadas e Redigidas por
MARTIN BUBER

Desenhos
RITA ROSENMAYER

Editora Perspectiva

Título do original alemão
Die Geschichten des Rabbi Nakhman by Martin Buber
Primeira edição, 1906

Copyright© 1996 by The Estate of Martin Buber

Direitos reservados em língua portuguesa à
EDITORA PERSPECTIVA S.A.
Avenida Brigadeiro Luís Antônio, 3025
01401-000 – São Paulo – SP – Brasil
Telefax (011) 3885-8388
www.editoraperspectiva.com.br
2000

SUMÁRIO

O Rabi Nakhman e suas Histórias – *J. Guinsburg e Fany Kon* 9

Prefácio 11

Introdução – *Paul Mendes-Flohr e Ze'ev Gries* 13

Rabi Nakhman e o Misticismo Judaico

Misticismo Judaico 29
Rabi Nakhman de Bratzlav 39
Ditos do Rabi Nakhman 49
As Histórias 55

As Histórias do Rabi Nakhman

O Touro e o Carneiro 57
O Rabi e seu Filho 67
O Inteligente e o Simplório 77
O Filho do Rei e o Filho da Criada 95
O Mestre da Prece 109

Os Sete Mendigos 131

Um Tzadik Vai à Terra Santa
A Viagem de Rabi Nakhman à Palestina 151

Apêndice
Ditos do Rabi Nakhman 177

O RABI NAKHMAN E
SUAS HISTÓRIAS

Rabi Nakhman de Bratslav foi, sem dúvida, um dos expoentes mais significativos e originais do movimento pietista fundado pelo Baal Schem Tov (O Mestre do Bom Nome). Mas, independentemente de seu papel e de suas contribuições para o universo de idéias religiosas do judaísmo e de seu processamento histórico, social e cultural, o neto de Bescht tem um lugar muito especial na literatura judaica, na medida em que foi, dentro da narratividade tradicional com base nos escritos bíblicos e hermenêuticos do povo de Israel, um dos contadores de histórias mais talentosos e singulares do imaginário ficcional e místico. Seus relatos, todos expostos apenas oralmente e depois transcritos por membros de seu círculo de seguidores, tornaram-se um fermento valioso, não só de concepções filosóficas, como as de Buber, e de outros pensadores do existencialismo religioso judaico, mas, acima de tudo, de uma escritura de ficção que vai fertilizar importantes autores do século vinte e, até certo ponto, pode-se dizer, que passa, se não por dentro, pelo menos perto de Kafka.

Todos estes aspectos convertem a recolha efetuada por Buber numa luz pioneira, no Ocidente, dos caminhos seguidos pelo pensamento e pela arte do Rabi Nakhman. E, por isso mesmo, compreende-se que, ao cotejar a sua edição dos relatos com a tradução para o inglês, tenha ficado insatisfeito com o que lhe foi dado ler, uma vez que esta última procedeu a uma segunda literarização do texto, sobrecarregando e até certo ponto amaneirando a que já havia sido feita pelo antologista que, dentro do possível e de seu feitio estilístico, timbrara em permanecer mais próximo da voz oral que ainda se fazia ouvir na transcrição do Rabi Natan de Nemirov. Em função deste fato, Buber exigiu que todas as traduções ulteriores levassem em conta o texto alemão. Foi o que fizemos a partir de um xerox, fornecido pelo Martin Buber Estate, contendo correções do punho do próprio Buber. Com este esclarecimento, esperamos que a versão para o português tenha se mantido fiel à dupla emissão que soa nestas narrações, isto é, a de Rabi Nakhman e a de Buber, que, por certo, lhe dão uma validade específica e certamente diversa, porém não menos rica, sob todos os pontos de vista, das histórias contadas pelo mestre aos seus discípulos em Bratslav.

J. Guinsburg e Fany Kon

PREFÁCIO

Minha recriação das histórias do Rabi Nakhman apareceu impressa pela primeira vez há cinqüenta anos. Não as traduzi, mas as recontei com total liberdade, porém dentro de seu espírito, tal como se me apresentaram.

As histórias foram preservadas em notas de um discípulo, notas que obviamente deformaram e distorceram em muito a narrativa original. Da maneira como as encontrei pareciam confusas, verbosas e ignóbeis em sua forma. Tive grande dificuldade em preservar inalterados todos os elementos das fábulas cujo poder e colorido me convenceram ser parte do original.

Na porção preliminar deste livro procurei apresentar a atmosfera do conjunto. A seção que intitulei "Misticismo Judaico" deve ser considerada, conseqüentemente, como uma primeira introdução genérica a este tema.

Martin Buber

INTRODUÇÃO

Com a publicação, em 1906, de *As Histórias do Rabi Nakhman* (*Die Geschichten des Rabbi Nakhman*)[1], Buber introduziu o público alemão cultivado e do Ocidente à sabedoria mística e à nobreza espiritual do Hassidismo, o movimento de misticismo popular que surgiu no século dezoito entre os judeus da Polônia e da Ucrânia. O primeiro dos muitos trabalhos que Buber publicaria sobre o Hassidismo, num volume elegante e escrito em estilo gracioso – projetado nos mais belos padrões vigentes, o *Jungendstil*[2] – revelou o notável universo espiritual dos até então desprezados *hassidim*, como são chamados os adeptos do movimento. Para o europeu educado – judeus e não-judeus igualmente – os *hassidim* eram vistos como um símbolo de superstição religiosa e de

---

1. Traduzido pela primeira vez do alemão, em 1956, por Maurice Friedman e publicado pela Horizon Press, Nova York; republicado subseqüentemente em 1962 pela Indiana University Press, e em 1970 pela Avon Press de Nova York. Traduzido ao português, do original alemão, sob o título *As Histórias do Rabi Nakhman*, em 2000, pela Editora Perspectiva, São Paulo, Brasil.

2. As iniciais, por exemplo, eram executadas pelo renomado artista do *Jugendstil* Emil Rudolof Weiss (1875-1942). Quanto à atenção dada por Buber aos detalhes estéticos de suas publicações e a significação destes para a compreensão de sua obra, ver Mendes-Florh, *Von der Mystik zum Dialog. Martin Buber's geistige Entwicklung bis hin zu "Ich und Du"* (Koenjgstein a/ T: Juedischer Verlag, 1976), pp. 112-114.

atraso, alienígenas, "semi-asiáticos" (*Halb-Asien*)[3], como Karl Ermil Franzos (1848-1904), escritor judeu austríaco, ironicamente observou. Aos olhos de muitos europeus educados os *hassidim* representavam os Ostjuden – os judeus ignorantes do vasto gueto "oriental" do Leste Europeu, obstinadamente apegados a uma fé supostamente anacrônica, sobrecarregada de formalismo religioso e de uma concepção legalista do serviço que o fiel deve prestar a Deus. Na verdade, o Hassidismo veio caracterizar a imagem negativa do judaísmo prevalecente na cultura ocidental. Assim, ao realçar o entusiasmo espiritual e a imaginação no Hassidismo, Buber também ajudou a restaurar o respeito pelo judaísmo[4].

Buber tornou o Hassidismo respeitável tal como se apresentava, ao integrar a manifestação mais diferenciada da espiritualidade judaica do Leste Europeu no discurso e no idioma usual do modismo intelectual do *fin de siècle*, isto é, o neo-romantismo (e, mais tarde, o expressionismo). Em sua apresentação do Hassidismo, Buber compararia, sutil e favoravelmente, sua sensibilidade espiritual com outras tradições místicas – especificamente aquelas apadrinhadas pelo cristianismo medieval e por várias religiões orientais – honradas pelo neo-romantismo. Buber também apresentou o Hassidismo em termos de suas lendas e mitos – expressões da sabedoria popular pré-iluminista. Estas, o editor Eugen Diederichs (1867-1930), o mecenas do neo-romantismo, celebrou como captantes de uma intuitiva e, portanto, a seu juízo, genuína experiência metafísica da unidade primal do mundo, a qual, infelizmente, a reinante civilização burguesa com seu *ethos* divisório e intelecto analítico haviam ofuscado[5]. O Hassidismo, afirmava ousadamente Buber, está igualmen-

---

3. Franzos utilizou pela primeira vez o termo *Halb-Asien* em sua coletânea de contos da vida do Leste Europeu, nos quais esboça as figuras de maior proeminência do gueto judeu: *Aus Halbn-Asien. Kulturbilder aus Galizien, der Bukowina, Suedrussland und Rumaenien* (Stuttgart/Berlim, 1876), 2 vols. Ele usou o termo *Halb-Asien* com freqüência em seus escritos, aplicando-o, na maioria das vezes, indiscriminadamente a todas aquelas regiões que se estendem "*nicht bloss geographisch, sondern auch in ihren Kulturleben zwischen dem gebildeten Europa und dem barbarischen Asien*" (não apenas geograficamente, mas também, em sua vida cultural entre a Europa cultivada e a Ásia bárbara). Franzos, *Von Don zur Donau* (Stuttgart/Berlim, 1878), II, 193.

4. Sobre a imagem negativa do judaísmo como religião asiática estrangeira e a contribuição de Buber para a reabilitação de sua imagem, veja Mendes-Florh, "Fin-de-Siècle Orientalism, The Ostjuden and Aesthetic of Jewish Self-Affirmation", em Jonathan Frankel (ed.), *Studies in Contemporary Judaism*, Bloomington, Indiana University Press, 1982, pp. 96-138.

5. Sobre Diederichs e sua cosmovisão, ver W. G. Oschilewski, Eugen Diederichs

te baseado em uma apreensão da unidade primordial do mundo e, assim, ele – e a tradição mística milenar de onde emergiu a Cabala – é unicamente relevante para as preocupações do indivíduo culto envolvido na busca espiritual do fim do século.

Ao publicar *As Histórias do Rabi Nakhman*, Buber enviou um exemplar a Diederichs e, na carta que acompanhava a remessa, lembrou a conversa de vários anos antes, quando o editor havia duvidado de que o judaísmo, o qual julgava ser visceralmente destituído de espontaneidade e interioridade, pudesse proporcionar o solo para o misticismo[6]:

> O senhor talvez se recorde da conversa que tivemos há vários anos quando discutimos a questão da existência de um misticismo judaico. O senhor não quis de forma alguma acreditar nisto. Com o livro de Nakhman iniciei uma série que documenta a existência de um misticismo judaico.

Buber estava cabalmente ciente de que as dúvidas de Diederichs sobre a capacidade do judaísmo de alimentar a espiritualidade do misticismo exprimiam um preconceito dominante. E, sem dúvida, tinha tal preconceito em mente quando, já no primeiro parágrafo da introdução ao seu livro sobre Nakhman, declarava que Rabi Nakhman de Bratzlav – "talvez o último místico judeu" – "situa-se no final de uma ininterrupta tradição cujo início não conhecemos. Por muito tempo tentou-se negar esta tradição; hoje em dia já não se pode mais duvidar dela"[7]. Além disso, observou Buber, esta tradição "é uma das grandes manifestações da sabedoria extática". A bem dizer, o misticismo judaico carrega a influência de outras tradições místicas, porém, enfatiza Buber, "a tendência para a mística é inata nos judeus desde a Antigüidade. [Na verdade], a força do misticismo judaico foi extraída de uma característica original do povo que o produziu". Em seu trabalho seguinte sobre o Hassidismo, *As Len-*

---

und sein Werk, Jena, Eugen Diederichs Verlag, 1936: cf. também E. Diederichs, *Aus meinem Leben*, Jena, Eugen Diederichs Verlag, 1938.

6. Buber an Diederichs, 21 de janeiro de 1907, Buber, *Briefwechsel aus sieben Jahrzehnten*, ed. Grete Schaeder (Heidelberg, Verlag Lambert Schneider, 1972), I, 253 s. A atitude de Diederichs para com o judaísmo é discutida em George Mosse, *The Crises of German Ideology, Intellectual Origins of the Third Reich*, Nova York, Grosset & Dunlap, 1964, pp. 57 s.

7. *The Tales of Rabbi Nachman*, p. 3. Para melhor esclarecer o leitor sobre o universo de idéias e a escritura de sua textualização foi preservado nesta edição o trabalho introdutório que acompanha a edição americana, o que implicou, naturalmente, na manutenção da forma dada em inglês, as passagens que figuram nesta e nota 28. (N. dos T.)

das do Baal Schem (*Die Legende des Baal Shem*), Buber insistiria analogamente neste ponto quando afirmou de maneira apodíctica que "os judeus são talvez o único povo que nunca cessou de produzir mitos..., [e o Hassidismo] é a última forma do mito judaico que conhecemos"[8].

Os primeiros pronunciamentos de Buber sobre o Hassidismo constituíram um profundo desafio à opinião predominante entre os europeus esclarecidos com respeito à espiritualidade judaica. Um tanto ironicamente, os aculturados judeus do Ocidente, como observou Gershom Scholem, compartilhavam desta opinião e, deliberadamente, "excluíam e repudiavam" misticismo e mito de sua concepção de judaísmo[9]. E ninguém, notava Scholem, merecia "mais crédito por fazer com que estes traços do judaísmo surgissem de novo à baila, do que Buber...". Uma picante, porém tocante penetração no âmago da resistência do judeu ilustrado aos esforços de Buber em reabilitar a imagem do Hassidismo e em resgatar do esquecimento expressões da devoção mística judaica nos é fornecida por uma carta, datada de 6 de fevereiro de 1908, dirigida a Buber por seu pai Carl (1848-1935), um bem-sucedido comerciante austríaco[10]:

> Querido Martin,
> Receba, por favor, as minhas mais afetuosas saudações pelo seu aniversário. Possa o seu trabalho trazer-lhe o sucesso que você deseja e possa a sua existência estar livre de preocupações e cuidados.
> Eu ficaria feliz se você desistisse destes assuntos hassídicos e do *Zohar* [isto é, do misticismo], pois só poderão lhe trazer um enfraquecimento mental e efeito pernicioso. É uma pena devotar seu talento a tais temas estéreis e perder tanto tempo e esforço [em algo] tão inteiramente inútil para você e para o mundo.

A atitude de seu avô Salomon Buber (1827-1906), por outro lado, era mais estimulante. Este eminente erudito do *Midrasch*, que na verdade criou o neto em sua casa em Lemberg (Lvov), na Galícia austríaca, dedicou ativo interesse ao trabalho dele e forneceu-lhe textos hassídicos não-disponíveis em Berlim[11]. Um pouco antes de sua morte, em dezembro de 1906, Salomon Buber recebeu uma cópia de *As Histórias de Rabi Nakhman*, e a

---

8. *As Lendas do Baal Schem*, trad. M. Friedman, Nova York, Schoken Books, 1969, pp. xi, xiii.
9. Martin Buber's Conception of Judaism", em Scholem, *On Jews and Judaism in Crisis. Selected Essays*, trad. W. J. Dannhauser, Nova York, Schocken, 1976, p. 142.
10. *Briefwechsel*, I, 260 s.
11. Veja, por exemplo, Salomon Buber para Martin Buber, carta datada de 26 de novembro de 1906, *Briefwechsel*, I, 248.

dedicatória que o texto trazia sem dúvida o agradou extraordinariamente: "Ao meu avô Salomon Buber, o último mestre da antiga *Haskalá*, dedico este trabalho sobre o Hassidismo com respeito e amor"[12].

Ao preparar seus primeiros estudos sobre o Hassidismo, Buber dispôs também do apoio de vários eruditos do Leste Europeu, particularmente de Micah Iossef Berditchévski (1865-1921), Simon Dubnov (1860-1941) e Samuel A. Horodezki (1871-1957)[13], que já haviam escrito tratados em hebraico, ídiche e russo – sobre vários aspectos do Hassidismo e da Cabala. Em contraste com o interesse científico no Hassidismo por parte destes estudiosos, o de Buber não era nem o de um historiador nem tampouco o de um filólogo. "Não é, em geral, minha intenção coletar novos fatos", explicou Buber a Horodetzki, em carta datada de julho de 1906, "porém simplesmente prover uma nova compreensão [*Auffassung*] do misticismo judaico e suas interconexões, dar uma nova apresentação sintética [desta tradição] e suas criações e tornar estas criações conhecidas de um público europeu numa forma tão artisticamente pura quanto possível"[14]. Por isso, decidiu não traduzir estas criações – as lendas e contos alegóricos narrados pelos mestres hassídicos – mas antes "recontá-las" (*nacherzaehlen*). Selecionando vários motivos das histórias hassídicas que, a seu juízo, capturavam a mensagem característica do Hassidismo, Buber "fez re-viver" (*nacherleben*) esses motivos e a mensagem que veiculavam, recontando-os da forma como ele os vivenciava (*erleben*).

Antes de se decidir por esta abordagem para desvendar a mensagem – ou o que hoje poderia ser chamado de cerne querigmático – dos contos e lendas hassídicos, Buber procurou inicialmente, de fato, traduzi-los e sentiu-se repetidamente frustrado por um problema na aparência intratável. Da maneira como está registrado em hebraico pelos seguidores, amiúde incultos, dos mestres hassídicos que relatavam seus contos e lendas oralmente, em ídiche, o material com o qual Buber tinha de traba-

12. Depois da morte de seu avô, Buber modificou a dedicatória nas edições e impressões subseqüentes para: "Dem Gedaechtnis meines Grossvaters Salomon Buber des letzten Meisters der alten Haskala bringe ich in Treuen dies Werk der Chassidut dar" – "À memória de meu avô, o último mestre da velha *Haskalá*, eu ofereço com devoção este trabalho sobre o Hassidismo".
13. Buber se aconselhou com cada um destes especialistas, cuja assistência assinalou no prefácio da primeira edição do *Die Geschichten des Rabbi Nakhman*. Vide também a correspondência de Buber com Dubnov e Horodezki em *Briefwechsel*, I, 252 s., 244, 263 s.
14. *Briefwechsel*, I, 244 s.

lhar era lingüisticamente "cru e desgracioso", e como tal, ofuscava a "pureza" espiritual que animava os relatos[15]. Em um ensaio de 1918, "Meu Caminho para o Hassidismo", Buber relembrou seus esforços iniciais e infrutíferos em traduzir os contos hassídicos diretamente para o alemão[16]:

> Notei que a pureza [espiritual do original dos contos e lendas hassídicos] não permitia por si mesma ser preservada em tradução e muito menos realçada – eu precisava narrar as histórias que absorvera *dentro* de mim, tal qual um verdadeiro pintor absorve em seu íntimo as linhas dos modelos e executa as imagens genuínas a partir da memória por elas formada... E, por essa razão, embora de longe a maior parte (do meu trabalho inicial sobre o Hassidismo) seja ficção autônoma, composta dos motivos tradicionais, eu desejava honestamente transmitir minha experiência da lenda: carrego em meu sangue o espírito daqueles que a criaram e, do meu sangue e do meu espírito, ela se faz renovada.

A decisão de Buber de não traduzir as histórias hassídicas, mas, antes, de recontá-las, não foi, portanto, movida por meras considerações estéticas; seu motivo era primariamente metodológico. Seu mentor e amigo no estudo de textos místicos, Gustav Landauer (1870-1919) defrontou-se com um problema metodológico similar ao transpor os sermões do monge dominicano alemão do século XIII, Mestre Eckhart, do alemão medieval para o moderno. No prospecto para sua antologia, em 1903, *Meister Eckharts Mystische Schriften* (*Os Escritos Místicos de Mestre Eckhart*), Landauer observou que o volume procurava buscar "o retorno de um indivíduo perdido – um indivíduo que não deve ser apre-

---

15. "Hasidism and Modern Man", em Buber, *Hasidism and Modern Man*, trad. M. Friedman, introd. Martin Jaffee, Atlantic Highlands, Nova Jersey, Humanities Press, 1987, p. 22.
16. "My Way to Hasidism", em *idem*, pp. 61e ss. Hans Kohn sugere que o princípio governante das versões feitas por Buber dos contos hassídicos pode ter sido inspirado pela primeira edição em alemão moderno que seu amigo Gustav Landauer fez dos escritos místicos do *Meister Eckhart, Meister Eckharts Mystische Schriften, in unsere Sprache uebertragen von Gustav Landauer*, Berlim, Karl Schnmabel Verlag, 1903. Veja Kohn, *Martin Buber, Sein Werk und seine Zeit, ein Beittrag zur Geistegeschichte Mittleuropes, 1880-1930*, 2ª ed., Colônia, Joseph Melzer Verlag, 1961, p. 30. Veja a explicação de Landauer da transcrição dos ensinamentos de Eckhart, citado em *Meister Eckharts Mystische Schriften*, p. 239. Ambos conceitos de Landauer e Buber sobre o modo de recontar (Nacherzaelung) parecem ter sido influenciados por Wilhelm Dilthey. Sobre a dívida de Buber para com Dilthey, veja *Ecstatic Confessions, Collected and Introduced by Martin Buber*, trad. Esther Cameron, com introdução de P. Mendes-Flohr, São Francisco, Harper & Row, 1985, p. 16.

ciado historicamente, mas preenchido [de novo] com vida"[17]. Aquele que tenta recuperar a pessoa e os ensinamentos de um grande mestre, da obscuridade imposta pela passagem do tempo, não deveria verter os textos pelos quais estes ensinamentos foram transmitidos literalmente para uma linguagem mais contemporânea, porém reavivar para o leitor a *Erlebnis* (vivência) que deu origem a tais ensinamentos. Buber concordava com este modo de ver. Na introdução à sua coletânea de testemunhos místicos, sumamente apreciada, *Ekstatische Konfessionen (Confissões Extáticas)* – publicada por Eugen Diederichs em 1909 – ele explicava sucintamente os princípios de sua seleção e transcrição:

> O indivíduo extático pode ser explicado em termos de psicologia, fisiologia, patologia; o que importa para nós é o que permanece além da explanação: a experiência vivida (*Erlebnis*) do indivíduo. Não consideramos aqui aquelas noções tendentes a estabelecer "ordem" até nos mais obscuros recantos; estamos ouvindo um ser humano comunicando a alma e o inefável mistério da alma[18].

Para Landauer e Buber, a tradução das obras da espiritualidade derivadas do passado era preeminentemente uma tarefa hermenêutica, a qual seguia um eixo de *Erlebnis* (vivência) e *Nacherleben* (re-vivência). Esta concepção reflete a influência da *Lebensphilosophie* (filosofia de vida), em particular das doutrinas hermenêuticas de Wilhelm Dilthey (1833-1911), com quem Buber estudara em Berlim na virada do século e a quem, após um lapso de mais de cinqüenta anos, ele ainda se referia como "meu mestre"[19]. Dilthey colocava as categorias gêmeas de *Erlebnis* e *Nacherleben* no centro das *Geisteswissenschaften* (ciências do espírito, isto é, humanidades e ciências sociais) e da sua explicação para o processo criativo. Em um de seus primeiros ensaios programáticos, Dilthey falava da "constante tradução da experiência-vivida em forma, e da forma em experiência-vivida"[20]. *Erlebnis* constitui a base do ato criativo que é "objetivado" nas variadas expressões do espírito humano – tais como poesia, arte, monumentos, instituições e sistemas religiosos e filosóficos

---

17. Citado em Hans Kohn, *Martin Buber*, p. 238.
18. *Ecstatic Confessions*, p. xxxi.
19. Sobre o relação de Buber com Dilthey, veja Grete Schaeder, *The Hebrew Humanism of Martin Buber*, trad. N. J. Jacobs, Detroit, Wayne State University Press, 1973, pp. 41-46: veja também Mendes-Flohr, *Von der Mystik zum Dialog*, cap. 2.
20. "The Imagination and the Poet" (1887), em Dilthey, *Poetry and Experience, Wilhelm Dilthey, Selected Works*, ed. R. A. Makkreel e S. Rodi, Princeton, Princeton University Press, 1985, p. 45.

– e daí ser a capacidade de reviver a *Erlebnis* fundante de qualquer expressão espiritual dada o nexo ontológico entre o passado e o presente, permitindo a recuperação do passado como uma duradoura "presença" no presente. Como Hans Gadamer, que elaborou os ensinamentos de Dilthey em uma teoria sistemática de hermenêutica, observaria mais tarde, a tarefa hermenêutica é preeminentemente uma questão de mediar o passado e o presente, de recuperar a significação (*Bedeutung*) portada pelas criações do espírito humano ou *Erlebnisausdrueck* (expressões de experiência vivida) que o passado nos transmitiu. A hermenêutica, declarava Gadamer numa linguagem que denuncia a influência não só de Dilthey mas também aparentemente de Buber[21],

[...] não está preocupada primordialmente com o acúmulo de conhecimento ratificado que satisfaz o ideal metodológico da ciência – contudo está preocupada, aqui também, com o conhecimento e a verdade. Entender-se a tradição significa não só que os textos são entendidos, mas que introvisões são conquistadas e verdades são reconhecidas. [...] A experiência do "Tu" igualmente manifesta o elemento paradoxal de que algo colocado acima e diante de mim afirma seus próprios direitos e exige reconhecimento absoluto; e exatamente nesse processo é "entendido". [...] Este entendimento de forma alguma entende o "Tu", porém o que verdadeiramente o "Tu" nos diz.

Buber desenvolveria de fato sua própria concepção da hermenêutica como um diálogo entre o presente e o passado, tal como incorporado em um texto, somente no período subseqüente à publicação de *As Histórias do Rabi Nakhman* e, em particular, depois de haver cristalizado sua filosofia do diálogo à qual deu sua primeira expressão em *Eu e Tu* (1923). Claramente, porém, há uma continuidade entre seus empenhos hermenêuticos e dialógicos iniciais, como estão representados em *As Histórias do Rabi Nakhman*.

Mais tarde Buber reconheceu que nesses seus esforços iniciais ele estava um tanto exageradamente ansioso em tornar os relatos hassídicos suscetíveis à sensibilidade estética do leitor ocidental contemporâneo e, assim, tendera, em um grau acima do normal, a uma ampliação da licença poética, na tentativa de liberar a mensagem essencial do Hassidismo daquilo que sentia ser o idioma estranho e sem maior atrativo do original[22]:

---

21. *Thruth and Method*, trad. da 2ª ed. por Garret Barden e John Cumming, Nova York, The Seabury Press, 1975, pp. xi, xxiii.
22. "Hasidism and Modern Man", *op. cit.*, pp. 22-23.

Eu não prestei a devida atenção ao [...] tom popular existente que poderia ser ouvido do interior desse material. Em ação dentro de mim, também, havia uma reação natural contra a atitude da maioria dos historiadores judeus do século XIX para com o Hassidismo, no qual nada encontravam exceto selvagem superstição. A necessidade, em face desta incompreensão, de salientar a pureza e a elevação do Hassidismo conduziu-me a prestar muito pouca atenção a sua vitalidade popular [...]. A representação do ensinamento hassídico que apresentei [nos meus primeiros trabalhos] foi essencialmente fiel; mas lá onde eu recontei a tradição lendária, ainda o fiz exatamente como autor ocidental que era.

Embora Buber possa ter, de fato, cometido alguma negligência ao transmitir o sabor dos textos originais, as dificuldades hermenêuticas que se lhe apresentaram não devem ser minimizadas. Se fosse possível traduzir literalmente os textos, ser-lhe-ia possível preservar sua singular qualidade popular mas, talvez, ao preço de um obscurecimento para o leitor ocidental daquilo que Buber percebera ser a *Erlebnis* fundante e préstina mensagem espiritual do Hassidismo. Em uma carta ao crítico literário húngaro Georg Lukács (1885-1971), articulou sucintamente seu modo de compreender o problema hermenêutico com que se defrontou. Um admirador ardente de *As Histórias do Rabi Nakhman* e de *As Lendas do Baal Schem*, Lukács escreveu de Florença para Buber, em novembro de 1911[23], expressando sua

[...] profunda gratidão por seus dois livros, *Baal Schem* e *Rabi Nakhman*, os quais, devido às circunstâncias, só pude ler neste verão [...]. Lamento apenas que (os volumes) sejam tão magros; é quase impossível, no fim de contas, que isto seja tudo quanto restou. Existe qualquer tipo de edição (alemã, francesa ou inglesa) que seja mais completa? Ou o senhor mesmo, meu caro Doutor, poderá se decidir também a preparar uma edição mais ampla? Não acha que seria possível reuni-los em uma edição completa, como se fez no caso dos textos indianos? Há tantas coisas mais – por exemplo, os aspectos éticos da transmigração da alma – que a gente gostaria de saber com mais profundidade no conjunto todo da tradição.

Buber ficou obviamente perplexo, mas respondeu de maneira franca[24]:

Fiquei feliz em saber que tenha achado minha *Hassidica* satisfatória. Devo confessar (não posso deixar de lhe omitir isto) – e espero que os seus sentimentos para com o trabalho não sejam afetados de modo negativo – que, no *Baal Schem*, somente

---

23. *Georg Lukács. Selected Correspondence, 1902-1920*, ed. e trad. Judith Marcus e Zoltan Tar, Nova York, Columbia University Press, 1986, pp. 172 e ss. Com base no original alemão, modificamos a tradução. (Esta alteração foi mantida em português, por não estarem os tradutores de posse do citado original. N. dos T.)

24. *Idem*, pp. 176 e ss.

os motivos mais intrínsecos são "autênticos". Refiro-me apenas às histórias, naturalmente, pois os ditos citados no prefácio são traduções exatas do original. O mesmo se verifica nos dois últimos contos de *Nakhman*. Por esta razão, o senhor pode ver porque a coleção de textos tal como imagina é um assunto tão complicado. Eu poderia, suponho, compor um pequeno volume de aforismos – na verdade, tenho pensado[25] um pouco nisto – mas o grosso do texto das histórias reproduziria apenas certos motivos. Se um dia vier a Berlim (quando é que isto há de ser?), eu lhe farei, na hora, uma tradução literal de alguns textos. Então o senhor compreenderá melhor a minha atitude [...].

Um exame dos escritos que Buber tinha em mente iria confirmar sua alegação. Os textos que nos foram transmitidos são, na verdade, confusos e cheios de erros; não podem ser tomados como um registro literal dos contos e das lendas narrados pelos mestres hassídicos. A pesquisa histórica atual e a análise crítica da literatura hassídica indicam que os mestres, inclusive Nakhman de Bratzlav, proferiam suas prédicas, que incluíam contos e lendas, em ídiche, principalmente durante a *seudá schlischit*, a assim chamada "terceira refeição", quando perto do encerramento do *Schabat* os *hassidim* se reuniam à (mesa) *tisch* do mestre para "jantar"e discutir *Torá* com ele. Uma vez que o "repasto" e o acompanhamento da prédica do mestre se davam, em grande parte, no decurso do *Schabat* em que era proibido escrever. Além do mais, os mestres certamente não anotavam de antemão seus sermões. Então, após o *Schabat*, os escribas transcreviam as prédicas que ouviam, traduzindo-as, embora em geral proferidas em ídiche, imediatamente para o hebraico – uma língua que raramente conheciam tão bem quanto o ídiche, mas que consideravam ser um receptáculo mais apropriado à dignidade e à santidade das palavras de seus venerados mestres. O hebraico desses escribas, infelizmente, era uma confusa mistura do hebreu bíblico, rabínico e medieval, empregado sem uma lógica particular e seguindo a sintaxe do ídiche; apresentam também numerosos erros gramaticais e ortográficos. Do ponto de vista literário, o resultado é uma literatura singularmente infeliz. Como conseqüência, pode-se dizer que os problemas dos quais Buber falou em sua carta a Lukács e alhures não eram maquinação ou invento de sua imaginação; o âmago querigmático – ou a mensagem primal – da história e da lenda hassídica assenta-se numa *Erlebnis* (vivência) fundante e, pronunciado oralmente em ídiche pelos mestres hassídicos, encontra-se se-

---

25. Cf. Buber, *Histórias do Rabi*. Tradução brasileira, São Paulo, Editora Perspectiva, 1967, Coleção Judaica, vol. 6.

pultado em documentos escritos que parecem deturpar as proferições originais devido à tradução hebraica, amiúde deselegante e confusa. Com certeza, dada a tarefa literária e hermenêutica a que se propôs, o de apresentar o querigma hassídico de uma maneira estética e agradavelmente acessível, Buber defrontou-se com enorme desafio[26].

Quando examinamos os papéis de Buber nos Arquivos de Martin Buber, em Jerusalém, nos espantamos com a incrível quantidade de literatura hassídica que ele leu e transcreveu, muitas vezes traduzindo literalmente passagens de várias extensões. Um exemplo edificante é um trecho do *Likutei Moharan*, uma coleção dos ensinamentos de Nakhman de Bratzlav. Na seção 133, da qual (no documento encontrado em seu arquivo) Buber copiou em hebraico as últimas linhas, ele adicionou-lhes uma tradução literal em alemão, enquanto, em *As Histórias do Rabi Nakhman*, apresentou uma versão estilizada da passagem inteira. No original, o texto se apresenta literalmente assim:

> Como uma pequena moeda que, se você segurá-la diante dos olhos, ela irá impedi-lo de ver uma grande montanha [...] Poderá, no entanto, facilmente, ao afastar a moeda de sua posição diante dos olhos, vislumbrar imediatamente à sua frente a grande montanha [...] E assim ouvi, dito em nome do Bescht [o Baal Schem Tov, fundador do Hassidismo], o seguinte: Ai de nós!, o mundo está cheio de luzes e mistérios maravilhosos e temíveis, e uma pequena mão ergue-se diante dos olhos e impede que a gente contemple as grandes luzes.

Em suas notas, Buber traduziu a citação final do Bescht assim: "Ai de nós!, o mundo está cheio de potentes luzes e mistérios, e o homem os esconde com sua pequena mão" ("*Wehe, die Welt ist voll gewaltigen Lichten und Geheimnisse, und der Mensch verstellt sie sich mit seiner kleinen Hand*"[27]). Em *As Histórias do Rabi Nakhman*, Buber apresenta a passagem inteira dessa forma[28]:

---

26. Os problemas enfrentados por Buber e todos os estudiosos de literatura hassídica são discutidos *in extenso* por Ze'ev Gries, "Hasidism: The Present State of Research and Some Desirable Priorities", *Numen*, xxxiv (1987): 97-108 (Parte 1).

27. Arquivo de Martin Buber, *varia* 350, *dalet* 2 a/1. A princípio Buber adicionou antes da citada frase, "O Baal Schem disse": – porém retirou isso e adicionou, à guisa de prefácio, "Rabi Nakhman nos transmitiu o seguinte dito de seu bisavô..." Ele também adicionou o título "Die Kleine Hand" ("A Pequena Mão"). Em *As Histórias de Rabi Nakhman*, intitulou a passagem na qual a citação do Baal Schem se encontra, embora de forma combinada, "Contemplando o Mundo". Em suas notas, Buber também registrou o original hebraico e os detalhes bibliográficos completos.

28. *The Tales of Rabbi Nachman*, p. 35.

Como a mão mantida ante os olhos encobre a maior montanha, assim a pequena vida terrena se oculta da visão das enormes luzes e mistérios dos quais o mundo está cheio, e aquele que pode afastá-la da frente de seus olhos, como alguém que retira sua mão, contempla o grande brilho do mundo interior.

Notem como Buber em sua versão condensou e estilizou o original e, incidentalmente, combinou as palavras do Bescht citadas por Rabi Nakhman – a mesma passagem que havia traduzido literalmente em suas notas – com as do próprio Rabi Nakhman. Buber justificaria a interpretação hermeneuticamente, indicando que está meramente interessado em preservar o motivo principal e a mensagem querigmática da citada passagem.

Em seu interesse pelo Hassidismo, ao longo de toda a vida, Buber freqüentemente se aconselhou com eruditos e cultos observadores do movimento. Enquanto trabalhava em *As Histórias do Rabi Nakhman*, como foi notado, desfrutou do apoio ativo de vários estudiosos, a saber, Berditchevski, Dubnov, Horodezki e, em especial, seu avô Salomon Buber. Na verdade, no curso de sua existência, Buber iria com freqüência consultar os doutos observadores do movimento, sempre ansioso por adquirir novas percepções da questão e referências bibliográficas. A correspondência, que se estende por um período de mais de cinqüenta anos, entre Buber e o romancista Schmuel Iossef Agnon (1888-1970), será em breve publicada em hebraico. Agnon, natural da Galícia, conhecia intimamente o Hassidismo e compartilhava com Buber de seu profundo afeto pelo movimento. Juntos, Buber e Agnon, planejaram editar e publicar uma abrangente compilação das fontes hassídicas a ser intitulada *Corpus Chassidicum*. Já haviam coletado um material considerável quando, em 1924, a casa de Agnon em Bad Homburg, um subúrbio de Frankfurt, incendiou-se, ocasionando a destruição de livros e anotações. Embora nunca tivessem retomado o projeto, Agnon e Buber continuaram a permutar bibliografia hassídica e, em especial, contos e historietas. Um exemplo encantador de sua correspondência será suficiente. Em carta de 17 de outubro de 1916, Agnon adicionou um pós-escrito[29]:

> A fim de não deixar nenhum espaço em branco contarei uma deliciosa historieta. "Quando os *hassidim* de Rabi Dov de Mezeritsch se amontoavam à sua volta, distraindo-

---

29. Emuná Yaron, "Da Correspondência de S. Y. Agnon e Martin Buber", *Iton* 77, n. 66-67 (julho/agosto 1985), p. 27 (hebraico).

o da *Torá* e da devoção divina, ele dizia, 'Se continuarem a se aglomerar assim ao meu redor, em breve não terão a quem ir procurar.'"

A historieta fazia parte, sem dúvida, da costumeira tradição oral do Hassidismo, que, por meio dos bons ofícios de Agnon e outros amigos, Buber colecionou incansavelmente até a morte, em junho de 1965. Ao ordenar sua volumosa documentação, a diretora do Arquivo Martin Buber e sua antiga secretária particular, Margot Cohen, achou e identificou treze ditos (*Leherworte*) do Rabi Nakhman não incluídos na edição anterior das *As Histórias do Rabi Nakhman*. Estes ditos estão publicados no final do presente volume, em apêndice[30].

Paul Mendes-Flohr e Ze'ev Gries

---

30. As máximas foram publicadas em alemão por Michael Brocke, "Martin Buber und Rabbi Nakhman von Bratislaw", em *Orientierung. Katholische Blaetter fuer weltanschauliche Information*, XLIX/.23 (30 de junho de 1985) pp. 138-141. Os ditos serão incluídos também na edição alemã revista de *Die Geschichteten des Rabbi Nakhman*, com um prefácio de Paul Mendes-Flohr e Ze'ev Gries, Heidelberg, Verlag Lambert Schneider, 1988.

RABI NAKHMAN E O MISTICISMO JUDAICO

MISTICISMO JUDAICO

Rabi Nakhman de Bratzlav, que nasceu em 1772 e morreu em 1810, é talvez o último místico judeu. Ele se encontra no final de uma tradição ininterrupta de cujo início não temos conhecimento.

Por longo tempo tentou-se negar esta tradição, hoje não pode mais haver dúvidas a seu respeito. Tem-se comprovado que foi nutrida por persas, depois por gregos em sua fase tardia, e até mesmo por fontes albigenses, mas preservou a força de sua própria correnteza, recebendo todos os influxos sem ser por eles dominada. Podemos, é claro, não mais encará-la como faziam seus antigos mestres e discípulos: como "Cabala", ou seja, como transmissão de ensinamento de boca a boca e novamente de boca a boca de tal modo que cada geração a recebesse, embora cada vez com uma interpretação mais ampla e rica, até que, no fim dos tempos, a verdade inteira viesse a ser conhecida. Apesar disto, devemos reconhecer sua unidade, sua individualidade e, ao mesmo tempo, as muitas limitações dentro das quais se desenvolveu. O misticismo judaico pode parecer muito desproporcional, freqüentemente confuso, por vezes trivial, quando o comparamos com Mestre Eckhart, com Plotino, com Lao-Tse; ainda assim, persiste a maravilhosa floração de uma antiga árvore. Seu colorido nos atinge como algo quase demasiado deslumbrante, sua fragrância nos perturba como algo quase demasiado luxuriante; ainda assim é uma das grandes manifestações do saber extático.

A tendência para o misticismo é inata nos judeus desde a Antigüidade, e suas expressões não devem ser entendidas, o que em geral acontece, como uma temporária reação consciente contra a dominância do estatuto do intelecto. É uma peculiaridade significativa do judeu, que mal parece ter se modificado em milhares de anos e, nesse caso, um extremo inflama o outro, rápida e poderosamente. Assim ocorreu que, em meio a uma indizível existência circunscrita, na verdade a partir de suas próprias limitações, irrompeu de repente o ilimitado que agora governava a alma que se lhe rendia.

Se, dessa forma, a força do misticismo judaico surgiu de uma característica do povo que o produziu, é claro que o destino posterior deste povo também deixou aí sua marca. A errância e o martirológio dos judeus têm repetidamente transposto suas almas nessas vibrações de desespero a partir das quais, às vezes, o clarão flamejante do êxtase irrompe. Ao mesmo tempo, estas condições os impediram de atingir a pura expressão do êxtase. Elas os levaram a confundir o necessário, o efetivamente experimentado, com o supérfluo, o emprestado e, através do sentimento de que sua dor era demasiado grande para exprimir o que lhes era próprio, a tornar-se loquazes acerca do alheio. Assim, surgiram trabalhos como o *Zohar*, o "Livro do Esplendor". Em meio a enormes especulações, lampejos de abismos silenciosos da alma repetidamente se iluminavam.

Na época do *Talmud* o ensinamento místico era ainda um mistério que uma pessoa poderia confiar somente a um "mestre das artes e a alguém versado nos sussurros". Só mais tarde este ensinamento ultrapassou a esfera da transmissão pessoal. O escrito mais antigo que chegou até nós, o pitagórico *Livro da Criação*, parece ter surgido entre o sétimo e o nono século e o *Zohar* ser proveniente – pelo menos em sua forma atual – do final do século treze; entre estes dois se estende a época do real desenvolvimento da Cabala. Porém, por um longo tempo ainda, aqueles que se ocupavam com a Cabala permaneceram restritos a um estreito círculo, mesmo se este círculo se estendesse da França, Espanha, Itália e Alemanha ao Egito e Palestina. Durante todo esse período, o ensinamento permaneceu alheio à vida; ele é teoria no sentido neoplatônico, visão de Deus, e nada deseja da realidade da existência humana. Não exige que a pessoa o viva, não tem contato com a ação. O reino da escolha, que representa tudo para o Hassidismo, o misticismo judaico posterior, não é algo imediatamente vivo para ele. É extra-humano, tocando a realidade da alma apenas na contemplação do êxtase. Somente nos períodos posteriores a esta época novas forças se manifestaram. A expulsão dos judeus da Espanha deu à Cabala seu grande ímpeto messiânico. A única tentativa energética da Diáspora no sentido de estabelecer no exílio uma comunidade criadora de cultura e uma pátria em espírito terminara em ruínas e desespero. O antigo abismo tornou a se reabrir, e dele de novo ascendeu, como sempre, o velho sonho de redenção, imperativo como nunca o fora antes, desde os dias dos romanos. O desejo ardia: o absoluto tem que se tornar realidade. A Cabala não podia fechar os olhos a isto. Denominou-o reino de Deus na terra, "o mundo da restauração". Levou para o seu próprio interior o fervor do povo.

A nova era do misticismo judaico, que começou por volta de meados do século dezesseis e que proclamou o ato extático do indivíduo como uma colaboração com Deus para conseguir a redenção, foi inaugurada por Itzkhak Lúria. Em suas concepções sobre a emanação do mundo a partir de Deus e o demiúrgico poder intermediário era quase inteiramente dependente da velha Cabala; mas em sua apresentação da influência direta sobre a Divindade e do poder redentor da alma humana que se purifica e se aperfeiçôa a si mesma, ele fornece à antiga sabedoria uma nova configuração e uma nova conseqüência.

Já no *Talmud* está dito que o Messias virá quando todas as almas tiverem entrado em vida corpórea. Os cabalistas do Medievo acreditavam poder dizer se a alma de um homem que estivesse a sua frente teria baixado nele a partir do mundo dos não nascidos ou permanecia temporariamente com ele em meio a suas andanças. O *Zohar* e a Cabala posterior desenvolveram o ensinamento que recebeu sua forma final de Itzkhak Lúria. De acordo com sua lição, há duas formas de metempsicose: a revolução ou errância, *gilgul*, e a superabundância ou impregnação, *ibur*. *Gilgul* é a penetração em um homem, no momento de sua concepção ou nascimento, de uma alma que está na viagem. Mas um homem que já está dotado de uma alma pode também, em determinado momento de sua vida, receber uma ou mais almas que se unem a sua se forem aparentadas a ela, isto é, se surgiram da mesma radiação do homem primordial. A alma de um morto junta-se a de um vivente a fim de poder completar um trabalho inacabado que ele teve de abandonar quando morreu. Um espírito mais alto, mais desprendido, desce em completa plenitude de luz ou em raios individuais sobre aquele ser imperfeito para morar com ele e ajudá-lo a completar-se. Ou duas almas incompletas unem-se a fim de suplementar e purificar uma à outra. Se fraqueza e desamparo sobrevêm a uma das almas, então a outra se torna sua mãe, carrega-a em seu ventre e alimenta-a com o seu próprio ser. Por todos esses meios, as almas são purificadas da escuridão primal e o mundo redimido da confusão original. Somente quando isto é feito, quando todas as viagens forem completadas, somente então, o tempo se estilhaçará e o Reino de Deus terá início. No fim de tudo a alma do Messias descerá à vida. Por seu intermédio, a elevação do mundo para junto de Deus terá lugar.

A especial contribuição de Lúria foi querer encontrar este processo cósmico na ação de alguns homens. Ele proclamou uma conduta incondicional de vida para aqueles que se dedicavam à redenção; através de banhos rituais, de imersões e vigílias noturnas, de contemplação extática e amor irrestrito por todos, eles purificariam suas almas numa tempestade e, por invocação, fariam baixar o reino messiânico.

O sentimento básico, do qual este ensinamento era o pronunciamento ideal, encontrou sua expressão elementar quase uma centena de anos mais tarde, no grande movimento messiânico que traz o nome de Sabatai Tzvi. Foi uma erupção de forças desconhecidas que se abrigavam no seio do povo e uma revelação da realidade oculta da alma popular. Os valores, vida e posses, aparentemente imediatos, tornaram-se de súbito vazios e sem valor, e as pessoas sentiam-se agora propensas a abandonar estes últimos como um instrumento supérfluo e a manter os primeiros apenas com mão ligeira, qual uma vestimenta que escorrega do corpo do corredor e que, se o atrapalhar muito, ele pode deixar cair abrindo os dedos, a fim de se apressar, nu e liberto, rumo à meta. A corrida supostamente regida pela razão, inflamou-se com o ardor contido na mensagem.

Este movimento também se desmoronou de maneira mais lamentável do que qualquer dos anteriores. E agora o messianismo mais uma vez se intensifica. A verdadeira era da mortificação começa. A crença na possibilidade de obrigar o mundo superior, por meio de exercícios místicos, penetra ainda mais profundamente no povo. Por volta do ano de 1700, consuma-se a Marcha Ascética dos Mil e Quinhentos que terminou em morte e miséria. Mas indivíduos sozinhos também se preparam com inclemente renúncia. Na Polônia, em particular, amadurece em muitos a vontade de expiar por si e pelo mundo. Uma vez que nenhum castigo individual é suficiente para eles, muitos se põem a errar – "no exílio", como o denominam –, não aceitando em parte alguma comida ou bebida, e vagando assim, carregados por sua vontade, até que suas vidas se extingam juntamente com suas forças e eles caiam mortos num lugar estranho, entre estrangeiros.

Estes mártires da vontade são os precursores do Hassidismo, o último e mais elevado desenvolvimento do misticismo judaico. Surgindo por volta de meados do século dezoito, o Hassidismo simultaneamente prolongou a Cabala e se lhe contrapôs na sua ação. Hassidismo é a Cabala transformada em *ethos*. Porém, a vida que ela ensina não é ascetismo, mas alegria em Deus. A palavra *hassid* designa um "homem piedoso", mas é uma piedade terrena que é aqui visada. Hassidismo não é pietismo. Dispensa todo o sentimentalismo e demonstração emocional. Traz o transcendente para dentro do imanente e deixa o transcendente regê-lo e formá-lo, tal como a alma forma o corpo. Seu cerne é uma orientação elevadamente realística para o êxtase como o ápice da existência. Mas o êxtase não se manifesta aqui como, digamos, no misticismo alemão, o *"Entwerden"* da alma, porém é como o seu invólucro; não é a sua autorestrição e sua auto-renúncia, mas a própria auto-realização da alma que flui para dentro do Absoluto. No ascetismo, o ser espiritual, a *neshamá*, encolhe, dorme, torna-se vazia e desnorteada; somente na alegria ela pode despertar e consumar-se até que, livre de toda carência, amadurece para o divino.

Mais uma vez foi a Polônia que provou ser a mais criativa e, sobretudo, as estepes planas da Ucrânia. A Polônia possuía uma sólida comunidade judaica, fortalecida em seu âmago pelo ambiente alheio e desdenhoso que a cercava e aqui, pela primeira vez desde o florescimento espanhol, despontou uma vida de atividades e valores próprios, uma cultura indigente e frágil, no entanto independente. Se, então, os pressupostos para a atividade espiritual foram deste modo dados, em geral, ainda assim um ensinamento místico poderia somente desabrochar no solo da Ucrânia. Aqui, desde os morticínios cossacos ordenados por Chmielnicki contra os judeus, prevalecia uma situação da mais profunda insegurança e de desespero semelhante àquela que rejuvenescera a Cabala, após a expulsão da Espanha. Ademais, o judeu era nesta região, em sua maioria, um aldeão limitado em seu conhecimento, mas original em sua fé e forte em seu sonho de Deus.

O fundador do Hassidismo foi Israel de Mesbisz (Miedjibrorz), denominado "Baal Schem Tov", isto é, "Mestre do Bom Nome", uma designação que une duas coisas, o poderoso e eficaz conhecimento do nome de Deus, como os primeiros taumaturgos "Baalei Schem" eram descritos, e a posse de um "bom nome" no sentido humano de ter a confiança do povo. À volta dele e de seus discípulos teceu-se uma lenda colorida e profunda. Era um homem simples e autêntico, inesgotável no fervor e no poder de conduzir.

O ensinamento do Baal Schem está preservado de forma bastante incompleta. Ele próprio não o colocou no papel, e mesmo oralmente, como o disse uma vez, comunicou apenas aquilo que transbordava, qual um vaso demasiado cheio. Entre os seus discípulos parece não ter encontrado nenhum digno de receber a totalidade de seu pensamento; uma prece dele que nos chegou, diz: "Senhor, é conhecido e manifesto para Vós o quanto de entendimento e poder resta em mim, e não há pessoa a quem eu possa revelá-lo". Porém, do que ele ensinou, muita coisa parece ter sido anotado de maneira inadequada, com freqüência inteiramente distorcida. Verificando certa vez uma destas transcrições, diz-se, que teria então bradado: "Não há *uma* palavra aqui que eu tenha proferido".

Não obstante, o sentido real de seu ensinamento é inconfundível.

Deus, assim ensina o Baal-Schem, está em cada coisa como sua essência primordial. Ele só pode ser apreendido pela força mais íntima da alma. Se esta força for liberada, então é dado ao homem em cada lugar e em cada época receber o divino. Toda ação que é dedicada em si mesma, embora pareça sempre tão modesta e inexpressiva para aqueles que a vêem de fora, é o caminho para o coração do mundo. Em todas as coisas, até naquelas que parecem completamente mortas, habitam fagulhas de vida que caem dentro das almas preparadas para recebê-las. O que chamamos mal não é essência, mas carência. É "exílio de Deus", o mais baixo degrau do bem, o trono do bem. É – na linguagem da velha Cabala – a "concha" que envolve e disfarça a essência das coisas.

Não há nada que seja mau e indigno de amor. Até os impulsos do homem não são maus: "quanto mais forte for um homem, maior seu impulso".

O homem puro e santo faz de seu impulso "uma carruagem para Deus"; liberta-o de todos invólucros e permite à sua alma que se complete dentro dele. O homem deve conhecer os próprios impulsos em suas profundezas e tomar posse deles. "Deve aprender a conhecer o orgulho e não ser orgulhoso, conhecer a ira e não se tornar irado. Assim também é com todas as qualidades. O homem deve se tornar um todo no conjunto das qualidades. O homem sábio pode lançar um olhar onde quer que queira e não se extraviar fora de seus quatro limites." O destino do homem é somente a expressão de sua alma: aquele cujos pensamentos vagueiam entre coisas impuras encontra impureza em sua vida; aquele que submerge a si mesmo no sagrado experimenta a salvação. O pensamento do homem é seu ser: aquele que pensa acerca do mundo superior está nele. Todo ensinamento exterior é apenas um ascenso ao interior, a meta final do indivíduo é tornar-se ele próprio um ensinamento. Na realidade, o mundo superior não é externo, mas interno, é "o mundo do pensamento".

Se, então, a vida do homem está aberta para o absoluto em toda e qualquer situação e em cada atividade, o homem deve também viver sua vida em devoção. Cada manhã é uma nova convocação. "Ele levanta com impaciência de seu sono, porque é santificado e tornou-se outro homem e vale a pena criar, e imita Deus formando seu mundo." O homem encontra Deus em todos os caminhos, e todos os caminhos estão repletos de unificação. Porém, o mais puro e perfeito é o caminho da prece. Quando um homem reza na chama de seu ser, Deus, Ele mesmo, fala a palavra mais profunda em seu peito. Este é o fato; o mundo externo é apenas seu traje. "Como a fumaça sobe da madeira queimada, mas as partes mais pesadas apegam-se ao solo e transforma-se em cinzas, assim da prece somente a vontade e o fervor sobem, porém as palavras proferidas esfacelam-se em cinzas." Quanto mais elevado o fervor, mais poderosa é a força da intenção – *kavaná* – e tanto mais profunda a transformação. "É uma imensa graça de Deus o fato de o homem permanecer vivo após a oração, pois, pela natureza, ele deveria morrer já que enterrou sua força e penetrou em sua prece por causa da *kavaná* que alimenta. [...] Ele pensa antes de rezar que está pronto a morrer por causa da *kavaná*." Todavia, a prece não deve ocorrer em sofrimento e arrependimento, mas em grande alegria. Alegria por si só é uma verdadeira devoção a Deus.

Os ensinamentos do Baal Schem logo encontraram aceitação entre pessoas que não tinham capacidade para alcançar sua concepção, mas que acolheram avidamente seu sentimento para com Deus. A devoção desta gente estava propensa desde os antigos tempos para a relação da imediatidade mística; receberam a nova mensagem como a exaltada expressão de si mesmos. A proclamação do júbilo em Deus, após um milênio da dominância de uma lei pobre em alegria e hostil a ela, atuou como uma libertação. Além disso, haviam até então reconhecido acima de si uma aristocracia de eruditos talmúdicos, alienada da vida, porém nunca contestada. Agora, as pessoas, por um simples sopro, viam-se libertas desta aristocracia e estabelecidas por seu próprio valor. Agora, se lhes dizia que não é o conhecimento que determina a qualidade do homem, mas a pureza e devoção de sua alma, ou seja, sua proximidade de Deus. O novo ensinamento veio como uma revelação daquilo que antes ninguém se atrevia a esperar. Foi recebido como uma revelação.

Naturalmente, os ortodoxos declararam guerra à nova heresia e combateram-na por todos os meios – excomunhão, fechamento de sinagogas e queima de livros, prendendo e destratando publicamente os líderes – nem sequer recuando diante da denúncia ao governo. Não obstante, o resultado da batalha não poderia ser, no caso, duvidoso: a rigidez religiosa não logrou resistir à renovação religiosa. Um adversário mais perigoso desta renovação surgiu na *Haskalá*, o movimento judaico da Ilustração que, em nome do saber, da civilização e da Europa, ergueu-se contra a "superstição". Mas ela também, que pretendia negar o anseio do povo por Deus, não teria sido capaz de arrancar uma polegada de terreno do movimento que satisfazia este anelo se já não tivesse início, no próprio Hassidismo, uma decomposição que levou ao declínio que se seguiu desde então.

[A primeira causa desta decadência reside no fato de o Hassidismo exigir das pessoas uma intensidade espiritual e uma imperturbabilidade que não possuíam. Oferecia-lhes satisfação, mas a um preço que não podiam pagar. Indicava-lhes, como ponte para Deus, uma pureza e uma clareza de visão, uma tensão e uma concentração da vida espiritual de que somente uns poucos seriam jamais capazes; ainda assim atingiu a muitos. Tanto é verdade que surgiu da necessidade espiritual do povo uma instituição de mediadores que foram chamados *tzadikim*, isto é, justos. A teoria do mediador que vive em ambos os mundos e é o elo de conexão entre eles, através de quem as preces são levadas para cima e as bênçãos são trazidas para baixo, desdobrou-se de maneira cada vez mais exuberante e, por fim, ultrapassou todos os outros ensinamentos. O *tzadik* tornou a comunidade hassídica mais rica em sua segurança de Deus, porém mais pobre numa coisa de valor – a busca de cada um por si. A isto se somaram os crescentes abusos externos. No princípio, só os realmente dignos, a maioria deles discípulos e discípulos de discípulos do Baal Schem, tornaram-se *tzadikim*. Mas por receber o *tzadik*, de sua comunidade, um amplo sustento a fim de poder devotar o seu serviço totalmente a ela, logo, um menor número de homens se aglomerou para obter o benefício, e porque nada mais tinham a oferecer, pretendiam ter direito a ele por meio de atuações miraculosas. Em muitos lugares prevalecia um impostor que causava repulsa aos mais puros, degradava aos mais limitados, e atraía a mais confusa multidão de pessoas.][1]

---

[1]. Martin Buber eliminou as passagens que aparecem nesta edição, entre colchetes, e que constavam das primeiras publicações deste ensaio, em alemão. Decidimos transcrevê-las no lugar em que figuravam porque, embora não acrescentem muito para o entendimento do texto, elas são elucidativas para um público pouco familiarizado com o tema do Hassidismo e a figura do Rabi Nakhman, como é o caso da maioria dos leitores brasileiros (N. dos T.).

RABI NAKHMAN DE BRATZLAV

O início da degeneração do Hassidismo é um período profundamente trágico. Apareceram homens que viram o declínio chegar e tentaram detê-lo, mas não o conseguiram. Entre aqueles que, sem contar a crença no *tzadik*, procuraram restaurar o puro espírito do ensinamento, estava o grande pensador chamado Schneur Zalman, que elaborou o elemento panteístico da idéia hassídica num sistema de monumental força e unidade. Mas ele não pôde, de fato, tornar-se bastante popular para conter a deterioração. Paralelamente a ele e a seus êmulos, entretanto, havia também aqueles que por certo reconheciam a perversão da instituição do *tzadik* e, ainda assim, não queriam aniquilá-la, porém saná-la, exigindo, no lugar do vazio e velhaco milagreiro, o dedicado mediador vivendo em devoção. Estes últimos encalharam na pequenez dos homens. Como os profetas de Israel, eles também, seus filhos tardios, não eram reformadores, porém revolucionários, não exigiam o melhor, mas o absoluto: não queriam educar, porém redimir.

Entre eles, o maior e o mais trágico é Rabi Nakhman ben Simkha, chamado Rabi Nakhman de Bratzlav, por referência ao principal lugar de sua atuação. Propunha-se a "restaurar o velho esplendor à coroa". A ira contra os profanadores do Templo queimava nele. "O espírito do mal", costumava argumentar, "acha difícil atormentar-se com o mundo todo com o fito de desviá-lo do verdadeiro caminho; daí por que, ele coloca um *tzadik* aqui e outro ali". Rabi Nakhman não queria "ser um chefe como os chefes a quem os pios procuram em suas peregrinações e não sabem porque peregrinam". Ele ansiava pelo grande sonho do *tzadik*, que é "a alma do povo". Por esse sonho, sacrificou todo o bem-estar e toda a esperança de sua vida pessoal. Nisto ele investiu todo o seu empenho e todos os seus poderes. E, por amor a isto, foi pobre e rodeado de inimigos até o fim da vida. Por causa disso, ainda jovem, e antes de completar sua tarefa, encontrou a morte. E por ter vivido tão inteiramente entregue a seu sonho, desdenhou colocar no papel, por escrito, seu ensinamento, de modo que, como o primeiro mestre do Hassidismo, e assim até o último, não possuímos nenhuma mensagem genuína e direta deles. Afora o relato fragmentário de seus discípulos, que anotavam suas alocuções, conversas, narrativas e descreveram sua vida, pudemos por nós mesmos construir – após muitas supressões, colagens e suplementações – somente uma imagem incompleta de sua realidade.

Rabi Nakhman era bisneto do Baal Schem e nasceu em Mesbistz, a cidade do Baal Schem. Sua infância é descrita como uma árdua e laboriosa procura. Não observava os mandamentos para servir em alegria, atormentava-se, jejuava e evitava o descanso a fim de compartilhar da visão. A forte tradição de vida extática em sua família dominava o menino, e ele não podia suportar o curso lento e pesado da existência, organizado em dia e noite, determinado pelas ocorrências das horas. O serviço comunitário de Deus não lhe trazia também nenhum alívio. Assim, corria à noite para algum lugar onde não houvesse ninguém e falava a Deus na linguagem do povo, neste idioma ternamente rude, melancólico e amargo, que os europeus chamam de jargão (ídiche). Porém Deus não lhe respondia. Parecia-lhe, então, que Deus "não lhe prestava nenhuma atenção, na verdade afastava-o do serviço, Ele não o queria de forma alguma", e a tempestade do desespero abateu-se sobre ele e o golpeou até que, na mais profunda aflição, o êxtase o iluminou e o menino sentiu o primeiro estremecimento da ruptura.

Certa vez, em seus últimos anos, ele próprio narrou tal experiência. Desejava receber o *Schabat* em grande dedicação, por volta da meia-noite entrou no banho ritual e mergulhou na água com a alma pronta para a santificação. Então voltou para casa e vestiu suas roupas sabáticas. Depois se dirigiu à casa de orações, pondo-se a vagar de um lado para o outro nas salas escuras e abandonadas, com todas suas forças tencionadas na vontade de receber a alma superior que desce e invade os homens no

Schabat. Reuniu todos os sentidos em um e concentrou todas as forças de seu espírito a fim de contemplar algo, pois agora a revelação *tinha* que lhe sobrevir. Mas não viu nada. Queria morrer a fim de poder contemplar, mas não viu nada. Entrementes, os primeiros devotos chegavam à casa de orações, tomavam seus assentos e começavam a entoar cânticos sem perceber o menino. Arrastou-se então para uma estante de oração, agachouse sob ela e inclinou a cabeça sobre os pés, e as lágrimas irromperam. Chorou silenciosamente sem parar e sem levantar a vista, hora após hora, até que seus olhos ficaram inchados de tanto chorar e o dia começou a amanhecer. Neste momento abriu as pálpebras, que o pranto havia fechado, e as chamas das velas da casa de orações o ofuscaram como um grande lume, e a sua alma começou a tranqüilizar-se na luz.

Assim, com freqüência, sofria por Deus e não desistia. Porém manteve sua vida e sua vontade oculta do povo. Empregava todos os estratagemas a fim de esconder seus jejuns e, quando andava pelas ruas, praticava todo tipo de criancices; gostava de pregar peças e fazer truques, de tal modo que a ninguém ocorreria que aquele menino ansiasse por servir a Deus. Mas o jugo desta dedicação não era sempre fácil para ele: possuía uma disposição alegre e forte e um senso límpido da beleza do mundo. Somente mais tarde conseguiu basear seu devoto fervor apenas nessa disposição e servir a Deus na alegria. Porém, antes, naquele tempo, o mundo lhe parecia algo externo que o impedia de chegar a Deus. A fim de persistir nessa luta, pensava a cada manhã, que lhe restava ainda aquele único dia, e à noite corria ao túmulo de seu bisavô a fim de que o Baal Schem pudesse lhe ajudar. Assim se passaram os anos de sua infância.

Aos quatorze, de acordo com os costumes dos judeus naquela época, casaram-no e ele foi viver no povoado onde seu sogro morava. Ali, pela primeira vez, ficou próximo da natureza, e ela o prendeu no mais íntimo de seu coração. Após uma infância vivida no confinamento de uma cidade, o judeu que emergiu nesses espaços livres do campo foi tomado por um inominável poder desconhecido ao não-judeu. Uma estranheza de mil anos de herança em relação à natureza mantivera a sua alma em amarras. E agora, como num reino mágico, em vez do amarelo desbotado das paredes das ruas, o verdor florestal e as floradas dos bosques o envolviam, os muros de seu gueto espiritual vieram abaixo de repente, ao contato com a força das coisas em crescimento.

Raramente, a bem dizer, este tipo de experiência se fez anunciar de maneira tão penetrante quanto no caso de Nakhman. A tendência ao ascetismo retraiu-se nele, o conflito íntimo se extinguiu, não mais precisava se preocupar com a revelação; alegre e facilmente encontrava seu Deus em todas as coisas. O barco em que saía a navegar pela correnteza – inexperiente com o leme, mas cheio de confiança – o conduzia a Deus, cuja voz ouvia nos juncos; e o cavalo que o carregava para dentro da floresta – obedecendo-lhe, para seu espanto – o conduzia para mais perto de Deus, que o olhava de todas as árvores e com quem cada planta estava em íntima relação. Em todos os declives de montanha e em todos os pequenos vales ocultos dos arredores, sentia-se em casa, e em cada um deles encontrava outro caminho para chegar a Deus.

Nesta época, tomou forma em seu espírito o ensinamento sobre a devoção na natureza, que mais tarde proclamou repetidamente a seus discípulos, e sempre com novos louvores. "Quando o homem se torna digno", dizia-lhes, "de ouvir os cânticos das plantas, como cada uma delas profere seu canto a Deus, quão belo e doce é ouvir seus cantares! E, por isso, é bom de verdade servir a Deus em seu meio, em solitária errância pelos campos entre coisas que crescem, e extravasar a nossa fala com toda a sinceridade ante Deus. Todas as vozes dos campos penetram então no seu âmago e intensificam suas forças. Em cada aleuto você se abebera no ar do paraíso, e quando você volta para casa o mundo está renovado a seus olhos." O amor ardente por tudo que está vivo e cresce era forte nele. Quando, uma vez, no último período de sua vida, dormiu em uma casa feita de árvores novas, sonhou estar deitado no meio da morte. De manhã queixou-se ao proprietário e o acusou. "Pois quando alguém abate uma árvore antes do tempo é como se houvesse assassinado uma alma."

Da aldeia, mudou-se para uma pequena cidade, onde começou a instruir uma ou outra pessoa na doutrina hassídica e a tornar-se conhecido entre os pios. Sentiu-se acometido pela tentação de ser como os *tzadikim* da época e viver na fama, de renda e na ociosidade, mas resistiu a ela. O declínio do Hassidismo oprimia-lhe a alma. Sentia falta do progresso no estudo; a tocha que deveria passar de mão em mão estava extinta entre dedos preguiçosos. Assim, no coração de Nakhman, desabrochou, da tristeza, a vontade de renovar a tradição e de "formar algo que durasse para sempre". O que a Cabala nunca havia sido, deveria agora se tornar: o ensinamento deveria ser transmitido de boca a boca e de novo de boca a boca, constantemente, expandindo-se para além da esfera das palavras ainda não proferidas, transportadas por um bando de mensageiros em incessante auto-restauração, despertando o espírito em cada geração, rejuvenescendo o mundo, "convertendo o deserto dos corações numa moradia para Deus".

Porém sabia que não poderia tirar dos livros a força para semelhante ensinamento, mas somente da vida real, com os homens. Por isso acercou-se do povo, carreou para seu íntimo todo o seu sofrimento e seu anseio, quis crescer inteiramente junto com ele. "No início", relatou mais tarde, "eu pedia a Deus que me permitisse sofrer a dor e a necessidade de Israel. Mas agora, quando uma pessoa me fala de sua dor, eu a sinto mais do que ela própria. Pois esta pessoa pode ter outros pensamentos e esquecê-la, enquanto eu, não". Assim pôs-se a viver com o povo, como o Baal Schem e seus discípulos haviam feito, e passou a encontrar nele sua consagração.

Antes, porém, de começar a ensinar a muitos, desejou receber a bênção da Terra Santa, que é o coração do mundo. Desejou contemplar as sepulturas de Schimon ben Iokhai e Itzkhak Lúria e ouvir as vozes que pairam sobre os lugares onde descansam os profetas. Não fora dado ao Baal Schem ir à Palestina; signos e manifestações, assim nos relata a lenda, haviam-lhe ordenado retornar antes que sua meta fosse atingida. Rabi Nakhman julgou a viagem muito difícil. Era pobre e não tinha outra alternativa a não ser renunciar ao seu lar, colocar sua mulher e filhos em algum serviço, ou aos cuidados caridosos de estranhos, e vender toda a mobília de sua residência a fim de levantar a quantia necessária para cobrir o custo da viagem. No entanto, os devotos da vizinhança, que souberam de sua resolução, facilitaram a realização coletando uma soma em ouro e o presentearam com ela. Seus parentes suplicaram-lhe para desistir da viagem, mas todas às vezes ele respondia, "minha parte maior já está lá". Assim, em 1798, com um dos *hassidim* que desejava muito servi-lo, encetou a jornada. Desta viagem em diante, Nakhman principiou a datar sua vida real. "Tudo o que eu sabia antes de *Eretz Israel* (a Terra de Israel) não significa nada", costumava dizer, e proibiu a preservação escrita de qualquer de seus ensinamentos anteriores. A Palestina tornou-se para ele uma visão que não mais o abandonou. "Meu lugar", dizia, "é somente *Eretz Israel* e, para onde quer que eu viaje, estou viajando para *Eretz Israel*". E, mesmo nos seus últimos dias de doença e desolação, afirmava, "eu vivo apenas pelo fato de ter estado em *Eretz Israel*".

Logo após a volta estabeleceu-se em Bratislava. Mas, assim que lá chegou alguns *tzadikim*, que o odiavam devido às suas concepções, desencadearam uma luta furiosa contra ele, a qual continuou até o fim de sua vida e engendrou selvagens hostilidades; mesmo depois de sua morte, as comunidades de seus oponentes fizeram guerra contra a sua e não queriam saber de paz. O próprio Rabi Nakhman não ficou surpreso com esta contenda. "Como poderiam eles não nos combater?", dizia com freqüência. "Nós não pertencemos de modo algum ao mundo presente e, portanto, o mundo não pode nos tolerar." Não ocorria a ele retaliá-los por sua animosidade. "O mundo inteiro está repleto de conflito, cada nação, cada cidade e cada moradia. Mas aquele que aceita em seu coração a realidade de que um homem morre a cada dia, pois, a cada dia ele deve entregar à morte um pedaço de si mesmo, como poderia ainda estar apto a passar seus dias em disputa?" Nunca se cansava de encontrar o bem em seus adversários e de justificá-los. "Sou eu, então, aquele a quem eles odeiam?", perguntava. "Eles talharam um homem para si próprios e estão satisfeitos com ele." E repetia a parábola do Baal Schem: "Certa vez alguns músicos postaram-se em um lugar, e começaram a tocar, e um grupo numeroso de pessoas pôs-se a dançar de acordo com o ritmo da música. Então, ali apareceu um homem surdo que nada sabia de dança ou de música e pensou em seu íntimo, 'como são tolos estes homens: alguns batem com seus dedos em todo tipo de instrumento, e outros giram em torno deles para cá e para lá'". Assim Rabi Nakhman justificava seus inimigos. Na verdade, considerava sua raiva como uma bênção; "todas as palavras de injúria e toda a fúria da inimizade contra o genuíno e o silente são como pedras atiradas contra ele e, delas, ele constrói sua casa".

Em Bratislava começou a ensinar a muitos e congregou outros tantos ao seu redor. Ensinar era para ele um mistério e toda sua ação cheia de enigmas. A comunicação para ele não significava um acontecimento comum sobre o qual não se deveria refletir porque nos é familiar e bem conhecida. Ao contrário, era rara e maravilhosa, como algo recém-criado. Sentimos sua surpresa diante do curso das palavras, quando diz: "a palavra move uma partícula de ar e assim a seguinte, até alcançar o homem que a recebe de seu amigo, e recebe com isso a alma, e é com isso despertado". Rabi Nakhman despreza a palavra que reporta apenas uma impressão razoável, apressada e de modo insatisfatório, e os devotos "que anunciam imediatamente o que vêem e não conseguem guardá-lo para si" valem menos do que aqueles "cuja raiz está na plenitude e que conseguem guardar para si o que vêem". Mas a palavra que ascende do fundo da alma é, para ele, algo elevado cuja atividade viva não constitui mais o trabalho da alma, porém a própria alma. Ele não profere uma única palavra de ensinamento que não tenha passado por muito sofrimento; cada uma delas é "lavada em lágrimas". As palavras se formam depois dentro dele; o ensino para ele é, a princípio, um evento e só mais tarde torna-se um pensamento, isto é, uma palavra. "Eu tenho dentro de mim", dizia, "ensinamentos sem vestimentas, e é muito penoso para eu esperar até que eles se vistam". Há sempre em seu íntimo um temor à palavra, que lhe comprime a garganta, e antes de proferir a primeira de um ensinamento, parece-lhe que sua alma deva expirar.

Somente os efeitos de sua palavra o aliviam. Ele a contempla e admira-se com ela: "por vezes minhas palavras entram nos ouvintes como um silêncio e neles permanecem para atuar depois como medicamentos de ação lenta; em outras ocasiões, minhas palavras não atuam de início no homem para quem as proferi, mas, quando esta pessoa as repete para outrem, elas voltam para ela e penetram profundamente em seu coração e fazem o seu trabalho com perfeição". Esta segunda relação básica, a recepção de nossas próprias palavras, é característica do judeu com sua tendência motora, e Rabi Nakhman também parece ter experimentado isto em si próprio. Ele a representou certa vez na imagem da reflexão da luz: "quando alguém fala com um seu semelhante surge uma luz simples e outra que retorna. Mas, ocasionalmente, acontece que a anterior está presente sem a posterior, então seu interlocutor, amiúde, não a recebe da pessoa, mas recebe o estímulo de seu companheiro, quando, através do impacto das palavras provenientes de sua boca, a luz retorna a ele e é avivada".

O fato decisivo para Nakhman, de acordo com sua interpretação da palavra, não é, decerto, o efeito sobre o locutor, mas sobre o ouvinte. Este efeito atinge o clímax no fato de o relacionamento modificar-se e o ouvinte tornar-se um locutor, de tal modo que, efetivamente, *ele* diz a palavra final. A alma do discípulo deve ser convocada em suas profundezas para que, de dentro dela, e não da alma do mestre, o significado superior do ensinamento, nasça a palavra que proclama e, assim, a conversação é preenchida em si mesma. "Quando começo a falar com alguém quero ouvir as mais elevadas palavras *dele*."

Havia cinco anos que Rabi Nakhman vivia em Bratislava quando adoeceu, atacado pela consunção, provavelmente por causa das lutas e perseguições, em relação às quais sua alma permaneceu intocada, porém seu corpo não conseguiu resistir. Logo se lhe tornou claro que morreria em breve, mas sua própria morte nunca foi objeto de ansiedade para ele e nem tampouco um acontecimento de importância. "Para aquele que atinge o verdadeiro conhecimento, o conhecimento de Deus, não há separação entre vida e morte, pois ele se apega a Deus e O abraça e vive a vida eterna como Ele." O Rabi recebeu a morte mais como uma ascensão a um novo estádio de grande errância, a uma forma mais perfeita de vida total; e por acreditar que em seu corpo humano não poderia atingir um degrau mais elevado de perfeição do que este que já atingira, ansiava pela morte e pelo limiar escuro. "Eu tiraria alegremente a 'pequena camisa' "[1], dizia aos discípulos em seu derradeiro ano, "pois não suporto ficar parado num degrau".

Quando reconheceu que a morte se lhe aproximava, não quis mais permanecer em Bratislava, onde ensinara e trabalhara, mas decidiu mudar-se para Uman a fim de lá morrer e ser enterrado. Em 1768, alguns anos antes de seu nascimento, bandos de Haidamaks[2] haviam penetrado na cidade de Uman; e depois que suas fortalezas, defendidas em conjunto por judeus e poloneses, caíram em poder deles, pela astúcia e pela traição, assassinaram a população judaica inteira e jogaram seus corpos em pilhas junto ao muro da cidade. Era a crença de Rabi Nakhman, um resultado da doutrina da alma tomada de Lúria e levada além, que dos muitos milhares que haviam sido chacinados em Uman, antes de seu tempo, um grande grupo de almas estava preso ao lugar de suas mortes e não poderia ascender até que uma alma viesse a elas com o poder de elevá-las. Ele sentia em si próprio o chamado para redimir as que ali aguardavam e queria, por isso, morrer no lugar onde se encontravam, e ter sua sepultura próxima a elas, para que o trabalho pudesse ser realizado sobre seus túmulos. Quando chegou a Uman, morou em uma casa cuja janela se abria para o cemitério, "a casa da vida", como os judeus denominavam: lá, amiúde, ficava à janela e olhava alegremente para o cemitério. Algumas vezes, a tristeza o dominava, mas não por que ia morrer, antes pela obra de sua vida que não rendera o fruto que havia sonhado. Ponderava se não teria procedido melhor rejeitando o mundo e escolhendo para si um lugar isolado a fim de lá permanecer, sozinho, de modo que o jugo do mundo não pesasse sobre ele. Se pelo menos não houvesse tomado a si a condução de homens, pensava, teria talvez alcançado a perfeição e concluído sua verdadeira tarefa. O ensinamento e a educação que tanto exaltava parecia-lhe em tais momentos um erro,

---

1. Vestimenta externa da vida terrena (N. dos T.).
2. Bandos ucranianos, principalmente nas províncias de Kiev e Podólia, hostis aos poloneses e judeus, no período de 1708-1770, e que exigiam o completo extermínio destes últimos. A atividade de tais grupos chegou ao máximo em 1768, com um horrendo massacre em Uman (N. dos T.).

quase um pecado. Pois a essência da ação devota em cada coisa é que o homem deve ser deixado à sua própria escolha. Também lhe parecia ali que realizara muito pouco, e percebia quão difícil é tornar um homem livre. É mais difícil ajudar com devoção e elevar *um* homem justo, enquanto ele ainda está em seu corpo, do que ajudar e elevar mil milhares de pecadores que já estão no espírito, isto é, a redimir suas almas; pois com um *mestre de escolha* é extremamente difícil efetuar qualquer coisa que seja.

Mas, em seus últimos dias, toda a preocupação e o sofrimento o abandonaram. Ele se preparou. "Veja", disse uma ocasião, "uma montanha muito grande e elevada vem a nosso encontro. Mas eu não sei: Estamos indo em direção a ela, ou a montanha vem a nós?" E assim, morreu em paz. Um discípulo escreveu, "O semblante do homem morto era como o semblante do vivo quando caminhava de um lado para o outro, em seu escritório, imerso em pensamentos".

Rabi Nakhman não completou sua tarefa. Tornou-se o *tzadik* que pretendia "a alma do povo"; mas o povo não se tornou a sua. Não foi capaz de deter o declínio do ensinamento. Era o florescimento da alma do exílio; porém ela também murchou no exílio. Os judeus não eram bastante fortes e puros para preservá-la. Não nos foi dado saber se a ressurreição nos seria concedida. Mas o destino interno do judaísmo me parece depender de se – não importa se nesta forma ou noutra – seu *pathos* há de converter-se de novo em ato.

DITOS DO RABI NAKHMAN

O Mundo

O mundo é como um dado a rodopiar e tudo gira a sua volta, e o homem vira anjo e o anjo, homem, e a cabeça vira pé e o pé, cabeça. Portanto, todas as coisas viram e volteiam e são modificadas, isto naquilo e aquilo nisto, o que está em cima para o que está embaixo e o que está embaixo para o que está em cima. Porque na raiz tudo é um, e na transformação e retorno das coisas a redenção está incluída.

Contemplando o Mundo

Como a mão mantida ante a vista encobre a mais alta montanha, assim a pequena vida terrena esconde do clarão as enormes luzes e mistérios dos quais o mundo está cheio, e aquele que consegue afastá-la de diante de seus olhos, como alguém afasta a mão, contempla o grande brilho dos mundos interiores.

Deus e o Homem

Todos os transtornos do homem procedem dele mesmo. Pois a luz do Altíssimo derrama-se continuamente sobre ele, mas o homem, no decurso de toda sua vida demasiado física, converte-se a si próprio numa sombra, de modo que a luz de Deus não pode alcançá-lo.

Fé

Fé é algo imensamente forte e, por meio da fé e da simplicidade, sem quaisquer sutilezas, a pessoa se torna digna de atingir o degrau da graça, que é até mais elevado do que o da sagrada sabedoria: a graça de Deus, abundante e poderosa, lhe é dada em sagrado silêncio, até que não consiga mais suportar o poder do silêncio e seu grito irrompa da plenitude de sua alma.

Prece

Que cada um brade a Deus e erga seu coração a Ele como se estivesse suspenso por um fio de cabelo e uma tempestade rugisse no próprio coração do firmamento, a tal ponto que ele não mais soubesse o que fazer e não lhe restasse quase mais tempo para alçar seu brado. E, na verdade, não há conselho nem refúgio para esta pessoa, salvo permanecer sozinha e elevar seus olhos e seu coração a Deus e rogar a Ele. Dever-se-ia fazer isto o tempo todo, pois o homem está em grande perigo no mundo.

Duas Línguas

Há homens a quem é dado proferir palavras de prece em pura verdade de modo que as palavras cintilem como uma jóia que brilha por si. E há homens cujas palavras são somente como uma janela que não tem luz própria, mas reflete unicamente a luz que acolhe.

Dentro e Fora

O homem tem medo de coisas que não podem prejudicá-lo e sabe disso, e anseia por coisas que não podem ajudá-lo e sabe disso; mas, na verdade, a única coisa de que o homem tem medo está dentro dele, e a única coisa que ele anseia está dentro dele.

Dois Tipos de Espírito Humano

Há dois tipos de espírito, um voltado para frente e outro para trás. Há um espírito que o homem atinge no curso do tempo. Mas há outro que inunda o homem com grande abundância, com muita rapidez, mais rápido que um momento, pois está além do tempo e porque, para este espírito nenhum tempo não é necessário.

Pensar e Falar

Todos os pensamentos do homem são movimentos falantes, mesmo quando ele não sabe disso.

Verdade e Dialética

A vitória não pode tolerar a verdade, e se alguém lhe exibe uma coisa verdadeira diante dos olhos, você a rejeita em consideração à vitória. Aquele, então, que deseja a verdade dentro de si deve afugentar o espírito da vitória, pois somente então estará pronto para contemplar a verdade.

O Propósito do Mundo

O mundo foi criado tão-somente por causa da escolha e do escolhedor.

O homem, o senhor da escolha, deve dizer: O mundo todo foi criado somente por minha causa. Por isso, o homem deve cuidar, o tempo todo e em todo lugar, de redimir o mundo e preencher suas necessidades.

Alegria

Pela alegria o espírito fica tranqüilizado, mas pela tristeza ele vai para o exílio.

Perfeição

A pessoa deve aperfeiçoar-se para a unidade até ser tão aperfeiçoada na criação quanto o fora antes da criação, de modo a constituir um todo, inteiramente bom, cabalmente sagrado, como antes da criação.

A pessoa deve renovar-se a cada dia a fim de aperfeiçoar-se.

O Mau Impulso

O mau impulso é como alguém que corre entre os homens com a mão fechada e ninguém sabe o que há dentro dela. Ele se aproxima de cada um e pergunta, "O que você acha que eu tenho em minha mão?". E a pessoa imagina que ele tem na mão exatamente aquilo que ela mais deseja. E todo mundo corre atrás. E então ele abre a mão e ela está vazia.

A gente pode servir a Deus com o mau impulso, se dirigir a paixão deste e o fervor de s eu desejo a Deus. E sem o mau impulso não há serviço perfeito a Deus.

O mau impulso no justo transforma-se em anjo sagrado, um ente de poder e destino.

Ascensão

Para a ascensão do homem não há fronteiras, e o que há de mais alto está aberto a cada um. Aí só reina a sua escolha.

Julgando a Si Próprio

Se a pessoa não julgar a si mesma, todas as coisas a julgarão, e todas as coisas tornam-se mensageiras de Deus.

Vontade e Obstáculo

Não há obstáculo que não se possa ultrapassar, pois o obstáculo está ali por causa da vontade, e na verdade não há obstáculos a não ser no espírito.

Entre Homens

Há homens que sofrem terrível desgraça e não conseguem contar a ninguém o que lhes vai no coração, ficam andando de um lado para o outro repletos de sofrimento. Porém, se lhes vêm ao encontro um semblante risonho, ele pode animá-los com sua alegria. E não é coisa insignificante animar um homem.

Às Ocultas

Há homens que não têm autoridade nenhuma às claras, mas, às ocultas, governam a geração.

O Reino de Deus

Aqueles que não caminham na solidão estarão desnorteados quando o Messias chegar e os chamar; mas devemos ser como alguém depois de dormir, cujo espírito está tranqüilo e descontraído.

A Errância da Alma

Deus nunca faz duas vezes a mesma coisa. Quando uma alma retorna, outro espírito torna-se seu companheiro. Quando uma alma vem ao mundo, seus atos começam a ascender dos mundos ocultos.

Há almas nuas que não podem entrar nos corpos, e em relação a elas há grande compaixão, mais do que para aquelas que já viveram. Pois estas estiveram em corpos e procriaram e atuaram; mas aquelas não podem subir nem tampouco descer para se vestirem com o corpo. Há errâncias no mundo que ainda não se revelaram.

O justo deve ser instável e transiente porque há almas afugentadas que só por seu intermédio poderão ascender. E se um justo se nega e não quer perambular, ele se tornará instável e transiente em sua casa.

Há pedras, como almas, que estão jogadas pelas ruas. Tão logo novas casas são construídas, então a gente encaixa nelas as pedras sagradas.

AS HISTÓRIAS

Nos últimos anos de sua vida Rabi Nakhman relatou a seus discípulos muitas fábulas e contos. Era sempre algum motivo externo que o levava a narrar. Alguns destes motivos nos foram transmitidos.

Certa vez um de seus discípulos relatou-lhe o que acabara de ouvir acerca da guerra dos franceses que se travava naquele tempo. "E ficamos espantados pela elevada posição a que aquele [Napoleão] fora alçado, e de como um homem de condição inferior [literalmente, "um servo"] tornara-se imperador. E conversamos com *ele* sobre isso. E Rabi Nakhman disse: 'Quem sabe que alma é a dele, pode ser que ela tenha sido trocada. Pois no castelo original das transformações almas são, por vezes, trocadas'. E no mesmo instante começou a nos contar a história do filho de rei e do filho da criada que foram trocados."

Em outra ocasião, o chantre da sinagoga procurou o Rabi, cujas roupas estavam rasgadas. Então ele lhe disse: "O senhor não é mesmo o mestre da prece, por meio de quem a bênção é trazida para baixo? E o senhor deve andar com vestes rasgadas!". Então ele narrou a história do mestre da prece.

Ainda outra vez, um discípulo escreveu a um outro que este deveria alegrar-se. Quando o mestre ouviu a carta, observou: "O que sabe você sobre como se pode estar alegre em meio ao pesar? Eu lhe contarei como as pessoas se alegravam no passado". E começou a relatar a história dos sete mendigos, a última de suas histórias e aquela que ele não terminou.

O que estimulava Rabi Nakhman a narrar era a sensação de que seus ensinamentos "não tinham vestes". As histórias deviam ser as vestes dos ensinamentos. A elas cumpria "despertar". Queria plantar uma idéia mística ou uma verdade de vida no coração de seus discípulos. Mas sem que isto fosse sua intenção, a narrativa tomava forma em sua boca, crescia para além do seu propósito e sobrepassava-se em sua florescência, até que não era mais um ensinamento, porém uma fábula ou uma lenda. Nem por isso os relatos perdiam seu caráter simbólico; ele porém, o narrador, ia ficando cada vez mais quieto e voltado para dentro de si.

Rabi Nakhman encontrou uma tradição já existente de contos populares judaicos e ligou-se a ela. Todavia, é o primeiro e, até agora, o único verdadeiro contador de histórias entre os judeus. Todos os relatos anteriores foram criações anônimas; aqui, pela primeira vez, tem-se uma pessoa, uma intenção pessoal e uma plasmação pessoal.

As histórias foram transcritas a partir do que seus seguidores haviam memorizado, particularmente seu discípulo favorito, Natan de Nemirov, verdadeiro apóstolo de Rabi Nakhman. Natan, a fim de não esquecê-los, costumava na verdade recontar os relatos, um a um, logo depois de ouvi-los, a dois outros condiscípulos, e só depois ir para casa, para então transcrevê-los. Mas, com freqüência, parece ter esperado mais tempo a fim de registrá-los, pois, de algumas coisas, ele próprio admitiu tê-las esquecido e, de outras ainda, de não tê-las transcrito "a seu tempo". Das palavras de ensinamento pode-se reconhecer quais foram imediatamente anotadas; elas mostram o espírito e a linguagem do mestre. Com respeito às histórias, o mesmo não se dá. Rabi Nakhman não possuía um discípulo igual a ele, que pudesse preencher, no sentido do narrador, o que fora esquecido, e ele próprio, muitas vezes, provavelmente lançava um olhar aqui e ali nas anotações de seus ensinamentos, mas nunca nas dos contos. Assim, se lhes aplica, acima de tudo, aquilo que dois antigos historiadores do Hassidismo disseram dos registros dos discípulos: "Escreveram coisas que ele nunca disse", afirma um, e o outro julga, "Eles assimilaram a palavra que ele havia proferido aos próprios pensamentos deles".

Treze destas estórias foram publicadas em 1815, depois da morte do mestre, no original ídiche, com tradução para o hebraico. Destas, seis constam da presente coletânea.

AS HISTÓRIAS DO RABI NAKHMAN

O TOURO E O CARNEIRO

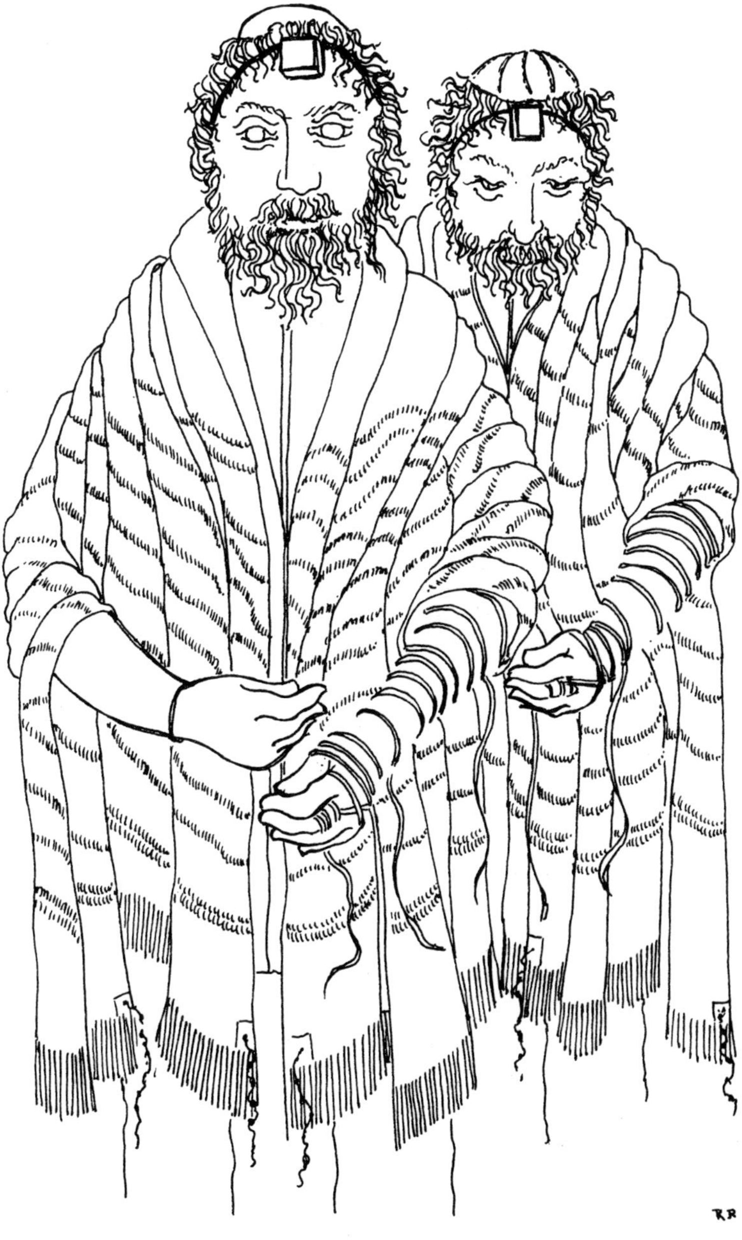
RR

Numa terra distante, há muito tempo atrás, reinava um soberano. Um dia promulgou um decreto obrigando todos os judeus que habitavam as terras de seu reino e sob a proteção de sua espada a receberem o batismo e a se submeterem ao seu credo e, aqueles que se recusassem deveriam ir embora e abandonar casa e bens. Havia muitos para os quais sua crença era a única pátria e riqueza: estes fugiram em todas as direções. Outros queriam ver o amadurecimento da semente que haviam semeado e não gostariam de ocultar seus tesouros nas montanhas: permaneceram e na aparência curvaram-se. Exteriormente praticavam os costumes odiados de uma fé estranha; mas detrás de paredes seguras e firmes ferrolhos mantinham-se fiéis aos usos de seus antigos ensinamentos e permaneciam judeus como antes, embora secretamente.

O rei morreu e depois dele a coroa passou a seu filho. Este manteve seus vassalos com punho de ferro e subjugou reinos estrangeiros pela força de suas armas. Os príncipes das terras sobre os quais pesou a sua dura lei rebelaram-se contra ele em segredo e decidiram assassiná-lo. Entre eles, entretanto, havia um daqueles judeus que aparentemente carregavam os grilhões de uma fé estranha.

Disse ele a si mesmo: "Para salvar os meus haveres, aos quais se prende o meu coração, meu credo evita a luz do sol. O que acontecerá a estas riquezas se não houver rei neste reino que possa manter a lei e os costumes? Os homens cairão uns sobre os outros como bestas selvagens, e o poderoso tomará a propriedade do timorato. Será mais proveitoso para mim se eu for e prevenir o rei".

E ele foi e assim fez. O monarca ouviu-o e em seguida mandou comprovar a verdade de suas palavras, e evidenciou-se que elas eram corretas. Na época em que os conjurados pretendiam se introduzir furtivamente, guarda-costas escondidos precipitaram-se sobre eles e os trouxeram, subjugados e algemados, perante o rei. Ele pronunciou a sentença de cada um à medida de sua culpa.

Mas ao seu salvador ele assim falou: "Como poderei recompensá-lo? Não posso oferecer-lhe um principado, pois você já possui o seu, e que jóias brilharão mais do que a profusão das suas? Deixe-me conhecer o desejo que repousa no imo de seu coração e esteja certo de que ele será satisfeito".

O príncipe replicou: "Deixa-me ser um judeu perante o mundo todo e praticar meus costumes abertamente. Consinta que eu possa usar o xale de orações e os filactérios sem temor".

Ante este discurso o coração do rei se angustiou, pois odiava a fé dos judeus. Mas compelido pela própria palavra que havia dado, relutantemente acedeu ao pedido.

O rei morreu e seu filho herdou o reino. Diante do destino de seu pai, cresceu nele a percepção de que seria sensato conduzir o país com brandura, e assim se tornou um soberano afável e gentil. De tempos em tempos pensava no perigo que ameaçara a vida de seu pai, e então era tomado, durante dias inteiros, pelo medo no tocante à continuação de sua linhagem. Em uma destas ocasiões mandou chamar o astrólogo e ordenou-lhe que lesse nos signos celestes o que estava predestinado à sua família e que perigos a ameaçavam. O mágico encontrou somente dois signos de presságios malignos – dois animais, o touro e o carneiro; em relação a eles, sua estirpe devia precaver-se, mas nenhum outro ser poderia trazer-lhe a ruína. O rei fez com que inserissem a sentença do destino no livro de memórias, aconselhou seu filho a reinar com brandura como ele, e morreu logo em seguida.

O seu sucessor no trono era, porém, como seus antepassados, de um caráter explosivo e mais violento. Não deu descanso aos seus exércitos e preferia antes resolver seus problemas pela força do que por meio de palavras. Quando leu, na crônica, sobre os dois animais que ameaçavam arruinar sua casa, pareceu-lhe muito simples remover o perigo: proibiu, sob pena de morte, a posse de touros e carneiros no país, e daí por diante não conheceu mais nenhuma ansiedade. Oprimia seus súditos e ria de suas cogitações de vingança, pois sabia agora que nenhuma conspiração poderia ferir sua progênie. Gostava, no entanto, de consultar velhos livros de magia a fim de descobrir neles alguma sabedoria secreta através da qual pudesse fortalecer e expandir seu poder. Encontrou um dia uma passagem na qual estava escrito o seguinte:

"Sete estrelas errantes irradiam-se sobre as sete partes da terra, e cada parte esconde um minério especial que atrai para si os raios de sua estrela. Aquele que para lá enviar mensageiros com a missão de trazer os sete minérios destas sete regiões da terra e mandar fundir de todos eles um gigante minério e o erguer sobre uma elevada montanha, de modo que a luz das sete estrelas errantes brilhe sobre ele, tal pessoa pode atrair para si, por meio desta figura, a sabedoria das estrelas que giram sobre a terra e conquistar um poder nunca visto e dominar o mundo. Pois, para cada pergunta que dirigir ao gigante, a resposta das estrelas se lhe dará a conhecer, por meio do fulgor dos minérios, em signos secretos".

O rei ordenou que a estátua fosse instalada sobre uma elevada montanha e quando isto foi feito escalou-a secretamente, na calada da noite, e dirigiu ao gigante a pergunta de como deveria fazer para obter o máximo poder sobre muitas terras. Então os minérios começaram a cintilar, signos maravilhosos apareceram, e ele conseguiu decifrá-los. O seu significado, porém, era o seguinte: ele deveria voltar, baixar os de cima e elevar os de baixo; então dominaria todos os homens. O rei desceu ao vale, procurou no albor da manhã o homem mais sábio de seu reino, revelou-lhe a sentença das estrelas e pediu-lhe uma explicação de como deveria levá-la à ação.

"Dentre os seus súditos", replicou o sábio, "aqueles que receberam honras e cargos sem tê-los merecido, que têm posses sem terem integridade, que sem nobreza de espírito atribuem a si próprios nomes nobres, tire-lhes o que não lhes cabe e em suas mãos causou desgraça e os dê àqueles que sofrem injustiças sem ter culpa e, não obstante seu valor, vivem nas trevas da miséria. Assim, lembre-se também dos judeus que foram privados por seus antepassados de sua pátria ou foram obrigados a renegar sua fé, abra-lhes seu país e permita-lhes que professem sua fé abertamente".

O rei bem que gostou do *conselho* para que despojasse os ricos e superiores, os mais poderosos de seu reino, de suas posses e honrarias; isso, sem dúvida, pareceu-lhe ser um caminho para o poder. Porém, conferir posses e poder aos oprimidos pareceu-lhe estranho e absurdo; quão facilmente adversários violentos poderiam surgir entre aqueles que, tendo se tornado fortes, encontrassem talvez circunstâncias favoráveis para puni-lo pelas antigas injustiças! Então retornou ao seu palácio determinado a alterar a sentença conforme seu parecer. Fez com que os livros do reino fossem examinados para encontrar quais investiduras e honrarias, direitos e títulos, seus antepassados haviam conferido aos chefes de famílias; a todos eles proclamou-os revogados em nome da coroa, e onde surgiu resistência, ordenou que esta fosse submetida pela força. Aí houve quem, altivo, ficasse pobre, e quem, de honra, fosse injustiçado.

Mas entre os nomes registrados nos livros como homens que desfrutaram vantagens e distinções foi também encontrado o nome de um judeu que salvara a vida do avô do monarca. O rei não pôde entender de maneira muito clara no que consistia o privilégio concedido a este homem e, assim, mandou chamá-lo e perguntou-lhe sobre isso.

O ancião falou: "Minha recompensa é a de que eu posso confessar-me judeu perante o mundo todo".

"Então o senhor, até hoje, desfrutou copiosamente desta recompensa", bradou o rei. "Eu a retiro e o senhor poderá viver como antes".

O judeu virou-se para ir embora. Em frente ao palácio ergueu sua mão e disse para si próprio: "Tão certo como Deus pode apiedar-se por eu ter, de agora em diante, que usar de novo o xale de orações e os filactérios no escuro e por detrás de portas trancadas, sejam tu, rei cruel, e tua linhagem amaldiçoados".

Passado algum tempo aconteceu que, em certa noite, um sonho opressivo sobreveio ao rei. Ele estava de pé, assim lhe parecia, numa ampla planície. A noite escondia todas as coisas terrenas num manto de escuridão. Mas sobre uma elevação imensa um céu inteiramente claro se abobadava como um sino, e em cima, fulgurando como prata e parecendo figuras de corpo inteiro, erguiam-se doze imagens do zodíaco. Duas delas, o touro e o carneiro, se impunham mais brilhantes do que as demais, e seus raios davam-lhe a impressão de visá-lo diretamente. Quando alçou o olhar para eles, começaram a rir silenciosamente, de tal forma que seu sangue gelou. Este riso silencioso converteu-se em um horrível esgar. Então o rei acordou. Porém, o medo apertou seu coração com garras de ferro, e quando contou o sonho à rainha e a seus filhos o horror se apoderou de todos, e não houve nenhum dentre eles que não pensasse no antigo aviso que se encontrava nas crônicas: de que a progênie estava a salvo contra todos os poderes que lhe poderiam causar a ruína, e somente dois animais, o touro e o carneiro, a ameaçariam de levá-la à queda.

Mensageiros foram enviados e trouxeram todos os intérpretes de sonhos do reino. Mas nenhum deles conseguiu compreender o significado da visão, e a palavra de nenhum deles entrou pelo ouvido do rei. Dispensou-os com gestos coléricos e mandou buscar o velho sábio que uma vez lhe explicara o dito do minério gigante.

O rei relatou-lhe o sonho e disse: "Salva-me, pois o medo apertou minha alma e ameaça sufocá-la".

O sábio falou: "Eu o conduzirei a um lugar onde todo o medo do mundo torna-se nulo. Sei pelos velhos livros do único lugar do mundo onde irradiam todas as trezentas e sessenta e cinco jornadas do Sol. Lá, no âmago da Terra, cresce um tronco de bronze que afasta toda a necessidade da superfície e da escuridão. Siga-me até lá com a sua gente". O rei concordou, e logo ele e toda a sua casa estavam preparados para a viagem.

O sábio guiou-os pelo caminho e já haviam sido levados para muito longe quando chegaram a um local de onde muitas sendas se ramificavam, e no ponto crucial erguia-se a poderosa figura de um anjo, que era o guardião de todos os anjos da ira. Pois cada ira terrena, de acordo com a vontade primordial, cria um destruidor, um anjo da ira, e este que se encontrava aqui, na encruzilhada, era seu soberano. Vestia uma armadura de aço, clarões azuis lampejavam de seus olhos, e a espada em suas mãos flamejava como uma chama poderosa. Tremendo, os viandantes obedeceram a suas ordens encaminhando-se para onde deviam seguir. Ele ergueu a espada apontando para uma das sendas e eles para lá se dirigiram.

Mas o sábio aprendera do livro de seus ancestrais que a cada um dos caminhos era conferido um significado: um era reto e conduzia ao lugar da luz eterna; outro era escorregadio, atravessado por vermes rastejantes, e conduzia ao limo primordial; um terceiro, a ser percorrido por entre apavorantes buracos e cavernas, ia dar num abismo; mas o último, cheio de abrasadores tormentos, era o caminho do fogo. Este foi o caminho que seguiram ordenados pelo anjo. Sinistro pavor apoderou-se do sábio. Havia andado apenas uma pequena extensão quando se deteve, pois ele já desconfiava o que era aquele sopro ardente que ressecava sua garganta, e recordou-se de que um dos caminhos conduzia a um fogo sem limite e que a quatro milhas do seu início o fogo já consumia o viajante. Passado algum tempo, tendo caminhado um pouco mais, avistou ao longe um mar rubro que chamejava para o céu. E encerrado nesta torrente abrasadora, como em um cristal de sangue, via-se um cortejo de reis em roupagens de distantes e estranhos povos, e suas fileiras eram conduzidas por judeus muito velhos envoltos em seus xales de oração e trazendo a fronte e os braços enrolados nos sagrados filactérios. O sábio voltou-se, aconselhou ao rei e a sua progênie a regressar. Mas o rei rejeitou o conselho, pois em sua cegueira achava que, tal como aquelas figuras coroadas, conseguiria passar incólume pelo fogo. Penetrara somente mais um tanto à frente no caminho, com os seus, quando as entranhas da chama avidamente se abriram e sepultaram a todos. O sábio, entretanto, permanecera em seu lugar e os viu abismarem-se. Virou-se e trilhou o caminho de volta. O anjo havia enterrado sua espada na terra. Estático e silencioso, deixou-o passar.

Quando o sábio voltou sozinho ao reino, reuniu todo o povo a sua volta. Contou-lhes a desgraça destinada ao rei e a sua progênie. Um grande assombro tomou conta da multidão, pois todos conheciam a velha profecia, segundo a qual a linhagem do rei seria destruída por um touro e um carneiro, mas ninguém podia explicar o ocorrido.

Então o velho judeu que fora obrigado a praticar sua crença em segredo levantou-se e disse: "Através de mim ele foi aniquilado. Os astrólogos viram e não sabiam o que estavam vendo. Vocês, porém, saibam: da pele do touro, os filactérios são cortados, e da lã do carneiro são fiadas as franjas que pendem do xale de orações. Daí por que o touro e o carneiro escarneceram dele dentre as estrelas. E aqueles reis que estavam sendo conduzidos pelos velhos judeus através do fogo, ilesos, eram aqueles em cujas terras os judeus vivem sem sofrimento e podem usar, em liberdade, xale de orações e filactérios".

O RABI E SEU FILHO

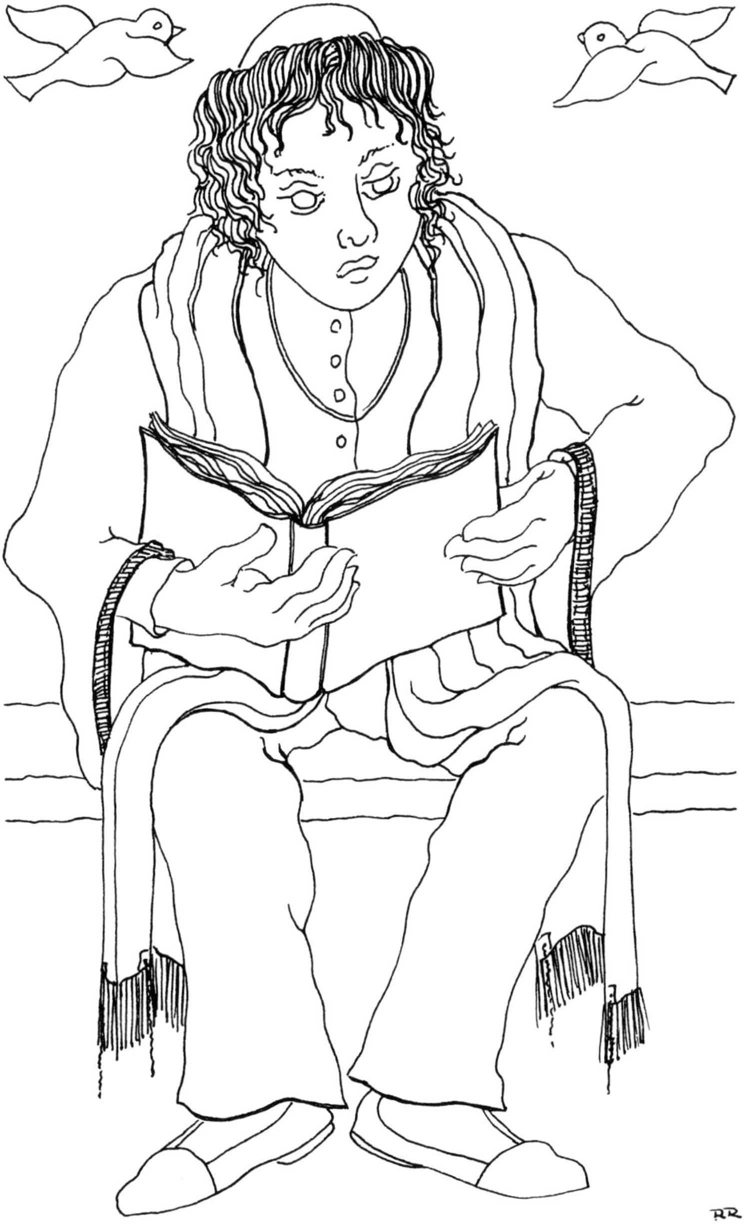

Era uma vez um rabi que havia dedicado sua vida à *Torá*, aplicava todo o engenho de seu espírito em investigá-la e guardava os mandamentos com toda a força de sua vontade, de modo que fossem observados na comunidade até nos mínimos detalhes. Quando, na sua velhice, nasceu-lhe o único filho, o fato lhe pareceu uma recompensa e uma aquiescência de Deus. Era como se, do alto, uma confirmação de seu caminho de vida lhe tivesse sido participada, e ele jurou para si mesmo que todos os seus dias restantes cuidaria a fim de que seu filho, como ele, penetrasse nas profundezas do ensinamento e não divergisse, nem por um fio de cabelo, das exigências dos preceitos; de maneira que, tal como ele, se tornasse um inimigo daqueles entusiastas que se atreviam a ligar seus sonhos divagantes ao poder primal e eterno da *Torá*.

O filho cresceu e tornou-se muito versado no saber dos Livros Sagrados. Dispunha de um pequeno quarto na casa de seu pai onde costumava ficar, concentrando todos os seus sentidos com o fito de absorver os mistérios da Escritura. Mas sua alma não conseguia perseverar no estudo dos Livros e seu olhar não se mantinha sobre as superfícies sem fim das rígidas letras, porém tornava sempre, de novo, a lançar-se em vôo sobre as ondas amarelas do trigal, até a fímbria escura do distante bosque de abetos. Sua alma voava para lá com seu olhar e embalava-se no ar silencioso como um pássaro novo. No entanto, vez após vez, forçava os olhos e o coração a retornarem à estreita prisão, pois queria aprender e o conhecimento certamente estava nos Livros. Mas, ainda que conservasse com as duas mãos sua cabeça inclinada sobre as páginas cobertas de signos, sua alma, todavia, não se deixava prender. E se ela não pudesse alimentar-se na abundância, que se espraiava para além da janela, mirava, então, para dentro de si mesma, como em uma paisagem desconhecida e misteriosa.

Apesar de tudo, ele se fortaleceu no conhecimento da doutrina, embora não fosse do emaranhado de signos à sua frente que lhe brotava o saber, porém era como se lhe viesse do interior de seu próprio ser. Ao mesmo tempo, cresceu nele aquela força de caráter que é chamada santidade. Sabedoria e santidade, porém, unem-se nessa incompreensível transformação que é denominada "o grau da pequena luz", e que aparece, de tempos em tempos, em uma única alma humana, e vai-se com ela. Mas, como alguém que se julga a si próprio ignorante, embora em seu íntimo abrace o mundo, o filho do rabi supunha que, em consideração à verdade, deveria investigar as Escrituras a fundo. Tão logo se aproximava dos Livros, entretanto, sentia-se abandonado num vazio ilimitado. Então se voltava outra vez para o mundo de sua visão interna. Mas aí, também, não encontrava a satisfação.

Não podia falar disso, pois, se tentasse, suas palavras diriam algo bem diferente daquilo que preenchia a sua mente. Ademais, dentre todos os homens, ele se prendia apenas aos *hassidim*, precisamente àqueles entusiastas tão odiados por seu pai. Pois, sentia que, no modo de ser deles, por mais excessivo que parecesse, vivia algo daquilo que ocorria em seus sonhos. Seu pai ficou zangado, mas o rapaz não conseguia renunciar à sua ligação com eles. Assim, um dia, estando em companhia de dois deles, dois rapazinhos, fortaleceu o coração e lutou com as palavras até que estas lhe obedeceram. Contou a ambos como ansiava pelo Indizível.

Eles lhe disseram: "Só há uma pessoa que lhe pode ajudar. É o grande *tzadik* que mora a um dia de viagem deste lugar. Pois a ele foi dado o poder de libertar as almas. Quando ele percorre as fileiras dos homens, bênçãos divinas derramam-se de seus olhos. Se estende a mão para os oprimidos, eles respiram aliviados. Ele apaga os sinais de tristeza e sofrimento da fronte das pessoas. Ele desfaz o espasmo do ódio nos corações dos homens. Aos deprimidos mostra a beleza do mundo".

"É erudito?", perguntou o jovem. "Nós não sabemos se ele possui estudo", responderam, "pois nunca fala das coisas das quais a gente julga que alguém é versado. Mas isto nós sabemos, que ele influi no que está mais próximo e no que está mais distante".

"É santo?", perguntou o jovem a seguir.

"Não sabemos se é santo", disseram, "pois nunca se mantém afastado, e não se abstém de tocar nos pecadores. Mas de uma coisa temos certeza, de que ele não abandona ninguém enquanto não alivia essa alma de sua carga mais pesada".

"Mas não é verdade que", perguntou, e olhou mais para dentro de si do que para eles, "precisamente esta graça é chamada 'o grau da grande luz', e que ela aparece durante raros intervalos, para uma única alma, a fim de resplandecer para milhares?"

Aí os jovens se calaram e ficaram impressionados pela veemência das palavras de seu interlocutor, as quais nunca antes haviam ouvido de sua boca.

Deste momento em diante, resolveu ele em seu íntimo que precisava encontrar-se com esse *tzadik*. Comunicou a intenção ao seu pai e pediu-lhe permissão para ir. O pai, entretanto, julgou ser uma grande vergonha o fato de seu filho querer visitar o ridículo milagreiro, e invocou contra isto todas as razões que lhe eram familiares. Como o jovem persistisse em sua solicitação, o pai pediu-lhe que considerasse quão mal assentava ao erudito filho de uma família de crentes estritos procurar a salvação com um tal pensador, herético, confuso, vago e trapalhão. Assim o pai recusou o pedido de seu filho.

Mas logo todos se deram conta, em casa, de como a vida do rapaz se tornava cada vez mais apagada por causa deste anseio insatisfeito. Em outra ocasião, tendo ele voltado a exprimir o mesmo desejo, o coração do velho pai inclinou-se em seu favor, dominado pela compaixão. Prometeu aquiescer ao anelo de seu filho e decidiu ele mesmo acompanhá-lo até o *tzadik*, pois era tão forte o seu devotamento a este único filho que esperava também, no mais íntimo do ser, que conseguiria, com sua sagacidade, fazer o estranho parecer tolo e totalmente nulo. Ao dar seu consentimento, disse, no entanto: "Uma coisa, porém, pode ser um sinal para nós de que esta viagem obedece à vontade dos céus: ou seja, se no transcorrer dela nada acontecer que vá contra o curso cotidiano das coisas. Contudo, se algo ocorrer que estorve nossos passos, isto poderá ser indicação de que este caminho não lhe está destinado; neste caso, devemos retornar".

No dia seguinte, pai e filho iniciaram a jornada. Já haviam se distanciado algumas horas do ponto de partida, quando o cavalo tropeçou numa ponte fazendo a carroça tombar. Os dois se safaram sem ferimentos, felizmente, mas o velho pai atribuiu ao acidente um significado profundo e não quis encará-lo de outro modo a não ser como se representasse uma advertência para que não prosseguissem no caminho. Assim sendo, regressaram à casa.

Deste momento em diante o jovem foi tomado de tão infinita tristeza que o pai, compelido por suas súplicas, logo encetou com ele uma nova viagem. Já tinham deixado atrás de si meio-dia de jornada quando, de repente, o eixo da carruagem quebrou-se e o rabi, aturdido e ansioso, pois não podia explicar o ocorrido a não ser como uma ordem de cima, tornou a desistir da viagem e ordenou a volta ao lar. E de novo o rapaz consumiu-se tanto que o pai não conseguia olhar para ele, de tanto pesar, e, então, pela terceira vez recomeçaram a viagem.

Desta vez o velho pai decidiu não retornar e não prestar atenção a nenhum percalço, salvo se algo completamente fora do comum adviesse em seu caminho. Assim viajaram até o anoitecer e, somente quando caiu a escuridão, procuraram uma pousada. Enquanto eles descansavam à entrada da hospedaria, reuniu-se a eles um mercador em trânsito com quem logo passaram a conversar. O rabi resolvera não mencionar, enquanto proseavam, a sua visita ao *tzadik*, pois, no íntimo, tinha firmemente estabelecido ser isso algo de que devia se envergonhar. De modo que falaram de muitas coisas deste mundo, e o velho pai ficou admirado de ver como o estranho era bem informado e conhecedor em cada domínio abordado, e quão conveniente e desenvoltamente sabia conduzir a conversação. Logo o rabi era como cera nas mãos do outro e o estranho visitante ficou sabendo tudo quanto lhe aprouve saber. Enquanto falavam disto e daquilo o mercador, inteiramente ao acaso, encaminhou a conversa para o tema dos *tzadikim* e do lugar onde, alguns em particular, se localizavam. Quando o rabi entrou com certa curiosidade nesta questão, o mercador mencionou que não longe dali vivia um *tzadik* cujas ações davam muito que falar. Ao proferir tais palavras, envolveu o jovem, que até então estava sentado em silêncio e absorto, com um olhar peculiarmente cintilante e penetrante. O rapaz se assustou, como se uma pontada dolorosa o tivesse despertado do sono, e ouviu então o pai perguntar ao estranho se conhecia este *tzadik*.

"De fato eu o conheço", respondeu o mercador com um sorriso desdenhoso.

"Então o senhor sabe, sem dúvida, se ele é de fato o homem pio e venerável, como é a sua fama?"

De novo o estranho desatou numa risada e disse: "O *tzadik*, um homem piedoso e justo? Nunca encontrei alguém no mundo pior do que ele. Com meus próprios olhos vi seus impulsos pecaminosos e eu, que o procurara em busca de auxílio e apoio, saí de lá desapontado e abalado".

O velho pai voltou-se para o filho e exclamou: "Eu bem que suspeitava que era assim como este homem, com sua sinceridade, nos conta. Vamos voltar para casa. E agora que você mesmo ouviu, libertará seu coração desta loucura".

Mas, tão logo retornaram à casa, o filho enfermou e morreu.

Infinito foi o pesar que esta morte trouxe ao velho rabi. Passadas, porém, algumas semanas, o filho falecido apareceu ao pai em sonho, flamante de cólera e terrível como visão.

Tremendo, o velho pai clamou: "Por que o vejo desta forma, meu filho?"

A aparição retrucou: "Ponha-se a caminho ao encontro daquele *tzadik* e o senhor saberá o motivo".

Pela manhã, por certo, o rabi lembrou-se do ocorrido, mas achou que seus sentidos o haviam enganado e que se tratava de um sonho como qualquer outro. O sonho retornou, no entanto, mais uma vez, e voltou uma terceira, então o velho pai não mais se atreveu a resistir-lhe e se pôs a caminho para ver o *tzadik*.

Ao anoitecer, quando a penumbra e a fadiga o dominaram, procurou uma pousada e, ao permanecer por um momento à entrada da hospedaria, mergulhada na escuridão, percebeu que era a mesma sala na qual, algumas semanas antes, estivera com o filho, agora falecido. O pensamento o assustou, arrancando-o de seu cismar; olhou à sua volta e viu sentado, em frente a ele, a figura do mercador que também encontrara naquela ocasião. À chegada do rabi, o recinto estava vazio, e ele não percebera ninguém entrando. Porém, seu sofrimento era demasiado intenso para dar lugar à admiração. E, por isso, apenas perguntou ao estranho: "O senhor não é o mercador com quem conversei aqui há pouco tempo atrás?"

Então, o outro prorrompeu numa desenfreada gargalhada e respondeu: "Sou eu mesmo, e o que eu queria de fato consegui. Lembre-se de como o senhor e seu filho queriam visitar o *tzadik*. Primeiro, seu cavalo tropeçou, e vocês voltaram. Depois, o eixo de sua carruagem quebrou e vocês tornaram a regressar. E, por fim, o senhor veio, e me encontrou e ouviu minhas palavras e retornou pela terceira vez. E agora, que já matei o seu filho, o senhor já pode ir ao *tzadik*. Pois saiba que seu filho tinha o grau da luz menor, mas ao *tzadik* foi dado o grau da grande luz, e se ambos se encontrassem na terra, então a palavra teria sido preenchida e o Messias teria aparecido. Mas agora que eu já matei seu filho, o senhor pode por certo ir lá!" Depois de ter dito isto, desapareceu, e o rabi ficou a fitar o espaço vazio. Então, o velho pai prosseguiu em seu caminho, chegou à presença do *tzadik*, jogou-se a seus pés e bradou: "Ai, ai daqueles que se perderam assim e não podem mais ser encontrados de novo!"

O INTELIGENTE E O SIMPLÓRIO

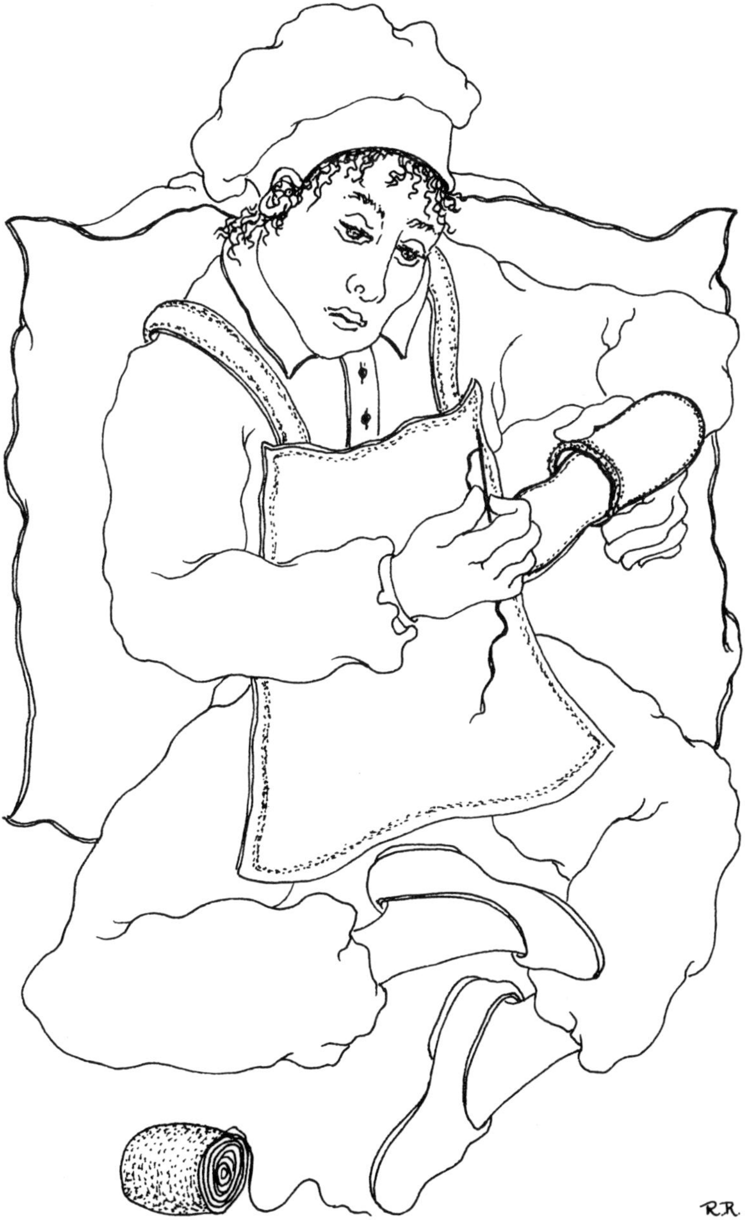
R.R.

Numa cidade do Leste viviam dois homens ricos que possuíam grande variedade de bens, longas fileiras de casas, campos a perder de vista, reluzentes moedas em abundância e preciosidades em que poderiam deliciar seus corações. Cada um deles tinha um filho, e os dois meninos eram amigos, brincavam em harmonia, um com o outro desde crianças, e também andavam juntos na escola. Um, era muito inteligente, seu entendimento era agudo e brilhante, e nada era para ele tão complexo que não pudesse compreender. O outro era simples de natureza e de espírito, podia aprender o que era simples e direto, nem mais e nem menos.

Justamente quando os dois rapazes haviam ultrapassado a sua época de estudos, sucedeu que os pais ficaram pobres ao mesmo tempo, e nada restou a cada um deles a não ser a casa onde moravam. Então disseram a seus filhos: "Procurem uma maneira de se arrumar por si mesmos no mundo. Nós não podemos ajudá-los, pois nada mais nos resta salvo o nosso próprio teto sobre nossas cabeças".

O simplório, para quem o mundo parecia inconquistável, começou a aprender um ofício com um pobre sapateiro. Mas o inteligente, decidido a conquistar o mundo, deu as costas à sua terra natal e viajou para o estrangeiro.

Enquanto caminhava assim ao longo da estrada encontrou uma grande carroça sobre a qual se empilhavam fardos de mercadorias e que era puxada com grande esforço por quatro cavalos. Ao lado da carreta caminhava o mercador com seus criados. Avistando-os, o rapaz inteligente saudou-os e juntou-se a eles. Entabularam uma conversa e soube que o mercador era de Varsóvia e no trajeto de volta para casa devia, ademais, cuidar de numerosos negócios. Quando o rapaz lhe perguntou se precisava ainda de um criado hábil e se ofereceu para o serviço, o mercador mostrou-se de imediato disposto a experimentá-lo, pois havia reconhecido bem depressa que tinha diante de si um moço arguto e perspicaz. O jovem prestou cuidadosa atenção aos hábitos daquele comércio, e logo ficou de posse de tanto conhecimento do negócio e tornou-se tão esperto nele quanto qualquer outro.

Quando chegaram à Varsóvia, perguntou às pessoas da cidade qual era a reputação que o mercador gozava entre elas. Soube que era um homem respeitado e honesto, mas também que seu comércio era considerado penoso, porque empreendia muitas viagens de negócios para terras remotas. Ao passear assim pela cidade, o rapaz inteligente viu os empregados nos armazéns, e seus trajes garbosos e a aparência vistosa entraram-lhe pelos olhos. Então decidiu abandonar aquele serviço e empregar-se com um negociante que possuía naquele lugar uma importante loja. Como era o costume, precisou primeiro executar tarefas penosas por um magro salário. Isto, porém, não o aborreceu, logo conquistou a confiança do patrão e obteve participação na condução dos negócios, até que tomou conhecimento da totalidade destes. Notando, contudo, um dia, que ali nada mais havia para aprender, pediu demissão e integrou-se numa caravana de mercadores que se dirigia a Londres. Mantinha os olhos bem abertos e não deixava escapar nenhum dos costumes inteligentes e engenhosos que visse em qualquer parte, e onde quer que um país estivesse mais adiantado do que outro pedia que lhe explicassem o fato e o guardava.

Assim percorreu muitos reinos – Inglaterra, Alemanha, França, Espanha – e, por fim, chegou à Itália. Lá viu objetos extremamente delicados e artísticos da guilda dos ourives, cujo similar não percebera em nenhum outro país, e uma vez que o ensejo lhe era favorável, aplicou sua habilidade e zelo no aprendizado deste artesanato. Não demorou muito para que suas mãos produzissem trabalhos tão graciosos que até os mestres mais antigos da cidade tiveram de confessar que nunca haviam conseguido algo assim.

Quando levou a sua perícia tão longe que ninguém no país poderia suplantá-lo, decidiu desistir do ofício e aprender um novo que era tido como excepcionalmente difícil e, ao mesmo tempo, era muito bem reputado. Dirigiu-se a um mestre que até então não fora ultrapassado nesta arte, a de recortar cabeças humanas, figuras de animais e todo tipo de coisas belas e encantadoras em pedras preciosas. Logo sua vontade dominava também esta arte e não havia ninguém entre seus companheiros que pudesse comparar-se-lhe. Ainda assim, também este novo mister deixou de ter importância a seus olhos, e como agora sua mão estava habilitada para qualquer trabalho artístico, pensou determinar o seu espírito a pesquisar a natureza dos homens e das coisas. Entrou em uma escola superior onde um mestre, famoso na arte da cura, instruía jovens de todas as nações que o procuravam. Lá apreendeu a sabedoria de seu professor com tal agudeza que passou a penetrar até o fundo de todas as coisas da natureza e na alma humana de modo que nada lhe resistia. Por fim, um violento desgosto com a imperfeição da vida impeliu-o de lugar em lugar, sem que encontrasse repouso em nenhum deles. Recordou-se então de sua antiga terra natal e decidiu voltar de novo para lá.

Entrementes, o simplório entrara como aprendiz do sapateiro e labutara arduamente, durante anos, a fim de mal e mal aprender o ofício, mas nem isto conseguiu. Quando chegou a completar pela metade um par de botas de couro cru, abriu sua própria oficina, tomou uma esposa e, daí por diante, ficou a fazer e remendar sapatos. Porém, como assimilara de maneira insuficiente seu ofício, somente as pessoas mais pobres o procuravam, as quais só lhe podiam pagar muito pouco e como, além disso, necessitava de muito tempo até completar uma peça, precisava matar-se de trabalho para ganhar até este pouquinho. Ainda assim esta existência laboriosa e apertada não prejudicou seu bom humor e embora não encontrasse, muitas vezes, durante o dia um momento livre para comer, permanecia, no entanto, alegre e bem-disposto de manhã à noite.

Por vezes acontecia que, enquanto puxava o fio através da cera de sapateiro, chamava a esposa e pedia: "Mulher, sirva-me imediatamente a sopa de cevada!" Ela então lhe dava um pedaço de pão seco. E, enquanto o consumia alegremente, dizia: "Mulher, sua sopa de cevada nunca esteve tão saborosa como hoje! Dê-me agora um bom pedaço de assado!" Em seguida, ela lhe passava, uma vez mais, uma boa fatia de pão. Depois de haver comido isso também, o sapateiro exclamava inteiramente deliciado: "Mulher, este é o mais suculento assado que já comi em toda a minha vida. Agora me dê a sobremesa". E, outra vez, recebia um pedaço de pão e o louvava como se fosse o mais delicioso bolo. Assim, cada dia temperava estas escassas mordidas com alegres fantasias e, enquanto comia, realmente sentia o gosto de todos os manjares refinados dos quais falava. Se tinha sede chamava: "Mulher, traga-me um cálice de vinho, porém do nosso melhor". Ela colocava à sua frente um copo de água; ele o erguia contra a luz e dizia muito satisfeito: "Eu aposto que até o rei não bebe um vinho mais límpido". E parecia-lhe que sua língua saboreava a mais fina das bebidas.

Assim também agia com relação às roupas. O sapateiro e a mulher tinham para seu uso, em conjunto, uma pele puída de carneiro. Se fazia frio e queria viajar pela região, dizia então à esposa: "Minha querida, ponha a pele em volta de mim!" Então a acariciava e dizia: "Não é uma boa pelezinha? E como me aquece bem!" Porém se tivesse que procurar por algo na cidade, ele pedia: "Mulher, traga-me aqui o manto de tecido!" Então, outra vez, ela o envolvia na pele e ele dizia, sorrindo: "Este tecido não brilha como cetim? Nada é melhor do que o meu pequeno manto!" Assim também usava a velha pele como se fosse um *caftan* e como um paletó e era sempre de opinião de que no mundo inteiro não havia nenhum traje mais nobre.

Porém, se com grande esforço terminava um sapato – que em geral saía muito deselegante e mal-acabado –, chamava a mulher e dizia: "Veja só, meu coração, que gracioso e elegante é este sapatinho! Você já viu alguma vez um mais bonito?"

"Bem", replicava a esposa, "se seus sapatos saem tão maravilhosos, por que você só cobra um talér pelo par, enquanto qualquer outro sapateiro nesta localidade exige o dobro disso?"

"Mulher", ria ele então, "por que você quer estragar nosso humor com o que os outros fazem? Pense antes no que eu ganho assim, de uma mão para outra, com um simples par de botas". Ele computava quanto lhe custara o couro, a cera e a linha e verificava que mal lhe restavam alguns *groschens* de puro lucro, e era de opinião que a sorte de ninguém mais era preferível à sua.

As pessoas da cidade conheciam muito bem o sapateiro e seus tolos costumes e o ridicularizavam. Acontecia com bastante freqüência que uma delas entrasse em sua tenda só para mexer com ele, mas logo ele percebia o fato e não lhes dava qualquer resposta a não ser a de retrucar insistentemente: "Mas sem caçoar!" Se alguém, honrado e sincero, lhe perguntava algo, ele lhe dava uma resposta direta e simples, da forma como sabia. Se, no entanto, alguém com aparente seriedade quisesse enganá-lo a fim de levá-lo a proferir palavras tolas e divertir-se à sua custa, então dizia muito jovialmente: "Ora, meu amigo, veja como sou simplório! Você pode ser um bocado mais inteligente do que eu e ainda assim continua a ser um rematado bobo".

Um dia espalhou-se pela cidade o rumor de que o inteligente, que neste meio tempo tornara-se, no exterior, um senhor extremamente rico e sábio, ia voltar para seu vilarejo natal. Quando o simplório ouviu isto, gritou apressadamente: "Mulher, traga já o meu melhor traje de festa para que eu possa ir ao encontro de meu amigo de infância e saudá-lo". A mulher lhe pôs sobre os ombros a amarfanhada pele e, assim vestido, ele correu e se postou na estrada, diante do portão da cidade, no momento exato em que por lá passava uma esplêndida carruagem onde viajava seu amigo inteligente, brilhante e digno. O simplório agarrou-se ao veículo e gritou alegremente: "Abençoado seja Deus que o trouxe para cá, meu irmão!" Disse muitas outras palavras amáveis e joviais e comportou-se ingênua e despreocupadamente. Para o viajante de tanto saber, esta conduta pareceu bastante insensata; contudo, ainda se lembrava de sua antiga amizade de infância, por isso saudou o sapateiro amistosamente, convidou-o a subir em sua carruagem e entrou com ele na cidade. Porém, durante o longo tempo que transcorrera enquanto o inteligente passara longe de casa, seu pai havia morrido e a casa que deixara ficara abandonada e estava completamente em ruínas, de modo que o inteligente não encontrou lugar onde pudesse morar. Teve que procurar uma estalagem, mas não havia nenhuma em toda a cidade que se adequasse às suas necessidades e hábitos. O simplório, no entanto, mudara-se para a casa de seu falecido pai e, percebendo a angústia de seu distinto amigo, puxou-o para fora e lhe disse: "Meu irmão, dê-me a honra e fique em minha casa. Você encontrará suficiente espaço nela, pois eu e minha mulher não necessitamos mais do que um único aposento". O inteligente aquiesceu, e o simplório correu para casa, reuniu a melhor mobília para o quarto que o seu amigo de infância iria ocupar, ordenou à mulher que preparasse tudo da melhor forma possível e fizesse tudo brilhar. Foi assim que o inteligente adentrou na casa do simplório.

A grande fama de sua sabedoria e de seus incontáveis feitos logo se espalhou por todo o país. Os grandes e nobres do reino apressaram-se em ir ter com ele a fim de se deliciarem com seu saber e sua arte. Um príncipe poderoso deu-lhe o encargo de lavrar um anel tão artístico como só ele poderia idealizá-lo. O homem inteligente fez um anel e riscou nele a imagem de uma árvore com galhos e ramos mil vezes entrelaçados. A obra resultou tão audaciosa e tão delicada que, tinha certeza ele, até na Itália, onde esta arte era entendida como em nenhum outro lugar, nada poderia se comparar ao seu trabalho. Mas o príncipe era um homem rude e ignorante que só sabia valorizar brilho vulgar e o magnífico objeto não encontrou graça a seus olhos. A falta de compreensão de seu comitente encheu o inteligente de violento desgosto. Em outra ocasião, uma pessoa eminente do reino veio procurá-lo, trazendo-lhe uma pedra preciosa na qual estava gravada uma figura e perguntou-lhe se podia transferir o desenho para outra pedra completamente igual em forma e cor. Ele preparou o trabalho e este saiu tão bom que, depois de pronto, ninguém poderia distinguir a imagem original da cópia. Todos lhe fizeram os maiores elogios; apenas seu próprio coração continuava relutante, pois detectara, num ponto, um tênue quase invisível defeito que não estava de acordo com o modelo. Embora ninguém fosse capaz de apontar esta falha, seu solitário conhecimento corroía-lhe a alma.

Experiências não menos infelizes lhe traziam sua arte de cura. Criaturas enfermas afluíam em bandos. Uma ocasião lhe trouxeram uma pessoa muito doente, cujo sofrimento nenhum médico da terra fora capaz de aliviar. O inteligente possuía para este mal um remédio efetivamente maravilhoso que, sabia ele, com certeza, efetuaria a cura. Porém, os parentes do enfermo aplicaram o medicamento de maneira completamente errônea e o paciente morreu. Por causa deste fato, levantou-se grande celeuma e rancor contra o médico, acusando-o de ter matado o doente. Em outra ocasião, o mesmo medicamento produziu o efeito desejado para a mesma doença, e, vejam, o convalescente então se gabou de que não era o estranho sábio e a poção, mas sua própria forte natureza que o salvara. Assim, pois, a arte da cura trazia puro aborrecimento ao homem inteligente.

Mas até em sua vida diária as coisas não se arranjavam melhor. Assim aconteceu certo dia em que ele precisou de um novo traje e mandou chamar o melhor alfaiate da cidade a quem deu instruções minuciosas de como a indumentária devia ser feita. O mestre pôs muito empenho para que o traje lhe saísse bem e surpreendesse sobremaneira por seu garbo. Apenas o punho das mangas não saiu exatamente como o inteligente supusera e desejara, e esta circunstância o irritou, pois estava ciente de que se isto ocorresse na Espanha teriam talvez troçado dele por causa deste punho de manga mal-acabado, muito embora aqui, nestas terras onde se encontrava, as pessoas pouco entendessem de vestuários finos.

O simplório, por sua vez, permanecia o tempo todo de bom humor e entrava e saía do aposento do inteligente sempre com brincadeiras e risos, o que, por vezes, deixava aquele furiosamente aborrecido. Ao sapateiro, porém, não passou por muito tempo desapercebido quão tristonha era a forma de vida de seu rico amigo e por isso lhe disse um dia: "Como é possível que você, com sua sabedoria e suas riquezas, viva o tempo todo em conflito, carregado de preocupações e angústias, enquanto eu, homem pobre e simples, vivo meus dias em paz e em alegria? Talvez você fosse mais feliz se, como eu, tivesse vindo ao mundo ingênuo e com pouca inteligência".

"Bom amigo", riu o inteligente, "poderia ocorrer que, no fim das contas, me coubesse por destino ser atacado por alguma enfermidade que destruísse minha inteligência de tal forma que eu poderia me tornar igual a você. Contudo, você não precisa temer que minha sabedoria possa jamais acometê-lo e que você se veja obrigado a viver como eu, pois tal fato não poderá acontecer nem agora, nem nunca".

Era costumeiro na cidade chamar ao pobre remendão "O Simplório" e ao seu amigo rico, "O Inteligente", e com estas alcunhas também estavam inscritos no livro em que todos os moradores do lugar eram registrados pelo nome e posição. E aconteceu, certa vez, que o rei do país folheou as páginas do referido livro e tomou conhecimento de que em uma cidade de suas terras existiam dois homens, sendo um deles simplesmente chamado "O Inteligente" e o outro simplesmente, "O Simplório". Daí despertou nele o desejo de conhecê-los e ele manifestou a seus servidores a vontade de convidá-los para uma visita. Mas logo se perguntou: "Não ficarão ambos temerosos se receberem de repente uma mensagem de seu rei? O inteligente, por respeito, não saberá o que deverá responder, e o simplório, afinal, fará o papel meramente de tolo. Será, por isso, bem melhor se eu escolher dois de meus cortesãos, um inteligente para enviar a mensagem ao homem inteligente e outro simples que saiba como lidar com o simplório, e os enviarei ao governador desta província do meu reino. A este darei a conhecer a minha intenção, de modo que possa mostrar aos mensageiros a forma apropriada de abordá-los. Então os mensageiros nem sequer lhes contariam que o rei lhes ordenara vir, porém, que eles alegrariam o rei se assim o fizessem".

Um homem inteligente foi fácil encontrar na corte, mas foi difícil achar um simplório, pois onde, em todo mundo, seria um homem assim tolerado nas proximidades de um monarca? De fato, na cidade toda do rei foi difícil encontrar um. A procura estava se tornando penosa ao soberano e seus conselheiros, quando estes se surpreenderam ao verificar que, na verdade, um homem simples vivia entre eles e era o tesoureiro real; pois de todos os cargos da corte este era o único que certamente não poderia ser confiado a um homem inteligente, já que este poderia facilmente administrá-lo para seu próprio uso e proveito mais do que para os do reino. Assim o tesoureiro do rei e um de seus mais sábios conselheiros foram enviados como mensageiros.

Foram ao governador, informaram-no do desejo do rei e perguntaram-lhe sobre as duas pessoas. O governador admirou-se e disse-lhes: "Aquele a quem chamam 'O Inteligente' é, na verdade, um dos homens de mais notável sabedoria e experiência, e aquele a quem chamam 'O Simplório' é o mais miserável tolo que jamais existiu". Neste momento, a história da pele, que todo mundo conhecia, veio-lhe à lembrança, e ele a contou aos mensageiros para que pudessem ter uma idéia da inteligência limitada do sapateiro. Depois mandou buscar um traje festivo para enviar ao homem simples, a fim de que suas roupas ordinárias não ferissem os olhos do rei.

O tesoureiro encaminhou-se ao local onde morava o sapateiro, procurou a casa, entrou nela e estendeu a seu dono a epístola real. Mas o simplório devolveu-lhe a carta e disse: "Saiba que não sou versado em leitura. O senhor deve me relatar o que aí está escrito, se quiser que eu tome conhecimento".

"O significado do escrito", respondeu-lhe o tesoureiro, "é que o rei o convida a visitá-lo, pois ouviu falar do senhor e deseja conhecê-lo".

Isto pareceu ao sapateiro algo estranho e ele ficou temeroso de que alguém estivesse lhe pregando uma peça. Por isso replicou-lhe ingenuamente: "Mas, por favor, não caçoe!"

"De verdade, não é caçoada!", assegurou-lhe o mensageiro.

Então a alegria do simplório foi arrasadora. Dançou em volta do quarto e exclamou: "Mulher, veja, que boa sorte, o rei me chama!" Muito alegre, montou na carruagem. Entretanto, quando as ricas vestes lhe foram dadas, resistiu a elas e não permitiu que o vestissem com elas, pois queria aparecer perante o rei com sua querida e maravilhosamente linda pele.

Porém, enquanto os dois estavam a caminho da corte, chegou aos ouvidos do rei todo tipo de queixas sobre o caráter e o modo de agir do governador que abusara de seu cargo e trouxera graves danos ao país com todo tipo de intrigas e perfídias. O soberano enfureceu-se com o malfeitor e mais ainda com seus próprios conselheiros que haviam elogiado este homem como um modelo de sabedoria e conduta criteriosa, e bradou: "Os senhores todos são muito inteligentes para mim, e me causaram mágoa além dos limites, com sua sabedoria!" Os conselheiros se puseram a murmurar, deixando ainda mais irritado o monarca que gritou: "Ao homem mais simples tornarei o governador, pois sua tolice não poderá causar dano, se ele for, tão-somente, honesto e tiver o espírito reto". Ao falar assim, lembrou-se de que o simplório que mandara chamar já devia estar a caminho do local onde morava o governador e decidiu conferir esta honra precisamente àquele homem. Enviou emissários para lá e ordenou que o simplório fosse recebido com grandes honras e que os cidadãos mais sábios e respeitáveis o acolhessem como seu superior.

Quando o sapateiro lá apareceu com seus companheiros de estrada, todos se perfilaram como o rei havia ordenado. O simplório, entretanto, recebeu com grande surpresa toda a pompa e festividade com a qual estava sendo acolhido e exclamou, como de costume: "Mas, por favor, não caçoem!" Logo, porém, persuadiu-se de que o honor realmente lhe era destinado. Como governador conduzia-se agora, com simplicidade e probidade, como no tempo em que era um pobre sapateiro, e uma vez que ele próprio passara a vida sem envolver-se em intrigas, sabia discernir o certo e o errado e seus julgamentos tornaram-se em toda parte respeitados. Todo o seu povo e seus conselheiros vieram a amá-lo e sua fama logo alcançou o rei, que não queria nada mais ardentemente do que ter ao seu lado um homem de virtude tão severa e compreensão tão simples. Assim aconteceu que a seguir o simplório foi nomeado Primeiro Ministro e construíram-lhe um palácio, não longe de sua residência.

Quando o outro emissário do rei chegou à casa do inteligente e transmitiu-lhe a informação, este lhe disse: "Como homens ajuizados não nos deixemos apressar indevidamente. Permaneça comigo esta noite, de modo que possamos ponderar tudo e juntos deliberar". Depois de haver, durante a refeição, discorrido argutamente sobre muitos assuntos, abordou ele a mensagem do rei e declarou o seguinte: "Quem sou eu para que um poderoso soberano meu deseje me ver? Não terá ele um número suficiente de nobres vassalos e penetrantes conselheiros em sua corte, para que precise me chamar para junto de si? Então refletiu longamente consigo mesmo sobre suas próprias palavras e finalmente exclamou: "É impossível, o senhor deve reconhecer, que um rei possa fazer isto. Homens mal-intencionados o enganaram quando o ordenaram a vir a mim com esta mensagem. A verdade é que o rei não existe em absoluto. Ou terá o senhor, porventura, recebido a carta que me trouxe, de suas mãos?"

"Não", replicou o mensageiro, "devo confessar-lhe que a recebi, não do rei ele mesmo, mas de um de seus funcionários".

"O senhor jamais chegou a vislumbrar o seu rosto?", prosseguiu o inteligente.

"Parece-me que o senhor tem pouco conhecimento dos costumes dos reis", respondeu o emissário. "Se não, saberia muito bem que eles raramente se mostram às pessoas e quando o fazem estão rodeados de seu séquito, de tal forma que é difícil ter uma visão do rei."

"Se considerar rigorosamente o assunto", falou então o inteligente, "perceberá como suas próprias palavras provam que eu estou certo. Pois se o senhor, que responde por um importante cargo na corte, não vê o rei, então quem, na verdade, o viu?"

"Mas então quem dirige a nação?", perguntou o emissário.

A isto o inteligente replicou: "Preste atenção ao que vou lhe dizer, pois eu sou um homem muito viajado e altamente experiente. Veja, na Itália setenta nobres governam o reino; eles são escolhidos pelo povo e dividem entre si a condução dos negócios de Estado. Lá, qualquer cidadão digno e meritório pode alcançar a autoridade. Mas aqui os altos funcionários e os cortesãos, sem dúvida, governam, fazem a lei e o que lhes apraz. Porém, se o povo perguntar: 'Quem exige isto de nós?', então eles respondem: 'Ora, seu rei, e cabe a vocês obedecer-lhe'. Assim eles comandam segundo a sua vontade, e o rei não é senão um nome vazio que inventaram a fim de assustar e submeter o povo". O discurso começou a penetrar nos ouvidos do mensageiro e a dúvida fortaleceu-se em seu íntimo. Mas seu douto anfitrião falou: "Eu poderia prosseguir com mais coisas desta natureza, mas espere até amanhã; aí então pretendo convencê-lo".

Na manhã seguinte levantaram-se cedo e foram os dois à praça do mercado. Lá encontraram um soldado e o inteligente dirigiu-se a ele assim: "Meu caro amigo, diga-me, a quem você serve?"

"Ora", respondeu, "quem na verdade um soldado serve? Ao rei, penso eu!"

"Já o serve há muito tempo?", perguntou o inteligente.

"De fato", falou ele, "lutei fielmente por meu senhor em muitas batalhas, e acho que não há vocação maior do que a minha para manter bem alto a bandeira do rei".

"Você deve conhecer muito bem o seu rei", disse o inteligente, "para amá-lo tanto?"

"Nunca o vi", replicou o soldado penalizado, "embora seja este o mais caro desejo de minha vida".

O inteligente dirigiu-se ao seu companheiro: "Há tolice maior do que uma pessoa verter o seu sangue por alguém que não existe? E creia-me, o povo todo está sendo presa de semelhante erro".

O mensageiro deixou-se convencer por seu interlocutor e quando o outro lhe disse: "Se quiser comigo enveredar pelo mundo, far-lhe-ei ver as mentes tacanhas e as opiniões pervertidas dos homens em todos os lugares", ele imediatamente acedeu e os dois se puseram, de lá mesmo, a caminho.

Onde quer que chegassem não conseguiam ver outra coisa a não ser loucura e cegueira. A descoberta de que nenhum rei poderia existir tornou-se para eles uma máxima e um padrão de medida para tudo, e costumavam dizer: "Isto é tão verdade quanto existe um rei". Enquanto percorriam, dessa forma, as terras de todos os governantes e não descobriam sentido em nada, exceto nos defeitos do espírito humano, deixaram tão abandonados seus meios externos de fortuna que cedo passaram pelas amargas experiências das necessidades de vida, sendo forçados a renunciar aos seus cavalos e a todo e qualquer bem que houvessem levado consigo, para lograr tão-somente uma pobre subsistência. Assim expostos a todos os infortúnios pelos quais passam os pobres errantes, continuavam, no entanto, a se arrastar infatigavelmente para adiante e avolumaram um estoque ainda maior de experiências melancólicas. Finalmente, porém, decidiram voltar para casa a fim de aproveitar o tesouro de conhecimentos conquistados e levá-lo ao povo.

Assim chegaram à cidade onde o mísero sapateiro residia, agora como primeiro ministro. À medida que andavam pelas ruas da cidade, observaram em frente a uma despretensiosa casinhola uma enorme multidão de pessoas que se aglomerava ao redor de uma fila de carruagens, coches principescos misturados a toscas carretas aldeãs. Ao se aproximarem, viram que em cada veículo havia uma pessoa enferma ou adoentada esperando ansiosamente passar pela porta muito baixa da entrada da pequena casa. Outras pessoas saíam com fisionomias radiantes e alegres louvores ao homem caridoso que, através de suas límpidas palavras de consolo e da bondosa força de sua natureza abençoada, proporcionava aos enfermos grande alívio em seu sofrimento e, para muitos, cura completa. O sábio achou de início que um famoso doutor morava ali, mas soube, para seu assombro, que este homem da cura não era um erudito, desfrutando antes, na boca do povo, a reputação de ser um milagreiro. Ele caiu numa gargalhada raivosa e disse ao seu companheiro: "Teremos atravessado o mundo todo para, no entanto, encontrarmos aqui a maior de todas as loucuras à soleira de nossa casa? Irmão, deixe eu lhe dizer que este é um grande impostor que subtrai o dinheiro do bolso das pessoas ignorantes".

Eles então se desviaram e seguiram adiante, e por não terem comido nada, desde há muito tempo, e estarem com fome, juntaram o último níquel de seus bolsos e entraram na primeira taberna para uma refeição. Enquanto comiam puseram-se a zombar em alta voz e de modo inconveniente dos feitos do milagreiro de tal forma que o taberneiro, atrás do balcão, começou a prestar atenção neles e ficou irritado com a conversa deles. Como era quase meio-dia, o local logo se encheu de fregueses que ouviam com indignação as palavras dos dois homens e, quando o filho do milagreiro entrou e teve que presenciar a caçoada deles, o taberneiro ficou furioso e jogou a dupla porta afora e o povo caiu sobre eles surrando-os para valer. Os dois inteligentes fugiram dali e se apressaram a seguir em direção à guarda municipal à procura de proteção e justiça. Quando o capitão da guarda soube da razão dos seus maltratos, caiu sobre eles, cumulou-os de insultos e, por fim, empurrou os dois para fora. Pois ele também acreditava no milagreiro que lhe salvara a filha gravemente enferma.

Os dois então foram de tribunal a tribunal e em todos os lugares apresentaram suas queixas, mas em toda parte o milagreiro era reverenciado. Foram repelidos onde quer que se apresentassem e, nesta andança, receberam somente palavras amargas e bordoadas. Ao fim, chegaram diante do palácio do ministro e pediram à guarda que os deixassem passar, pois uma grande injustiça fora cometida contra eles. Levados à presença do ministro, este, que fora outrora apelidado de "O Simplório", reconheceu de imediato, no esfarrapado e exasperado vagabundo, o seu companheiro de juventude. Aquele, porém, não reconheceu, no ministro, o indigente sapateiro, já que ele se comportava na sua função com grande dignidade. O ministro deu-se a conhecer, saudou seu antigo amigo com semblante cordial e perguntou-lhe o que desejava. O inteligente relatou ter sido cruelmente surrado por causa de um impostor, como era esse milagreiro, que levava toda a cidade pelo nariz. O ministro sorriu, confortou-o e pediu-lhe que fosse primeiramente com o seu acompanhante ao banho, onde criados os esperariam e lhes dariam roupas decentes. Depois disso, convidou-os a comer em sua companhia.

À mesa, o inteligente, extremamente admirado com a mudança de caráter e condições de seu amigo, lhe perguntou: "Meu caro, como é que você conseguiu chegar a esta posição honrosa?"

"Meu senhor, o rei, me outorgou", replicou o ministro.

"Como", disse o inteligente, "você também foi tomado por esta loucura e acredita em um rei! Eu lhe digo, não há nenhum rei."

"Como pode você me afirmar algo tão monstruoso?" gritou o ministro. "Se eu vejo o rosto do rei diariamente."

"De onde sabe você", escarneceu o inteligente, "que aquele com quem você fala é na verdade o rei? Você foi íntimo dele desde a infância? Conheceu seu pai e seu avô e pode afirmar que eles foram reis? Pessoas lhe disseram que este é o rei. Eles o enganaram".

O ministro então falou: "Quer dizer então que você continua ainda com suas sutilezas e não vê a vida? Uma vez me afirmou que seria mais fácil para você cair em minha simplicidade do que eu elevar-me à sua inteligência. Não, você jamais receberá a graça da simplicidade!"

O FILHO DO REI E O FILHO DA CRIADA

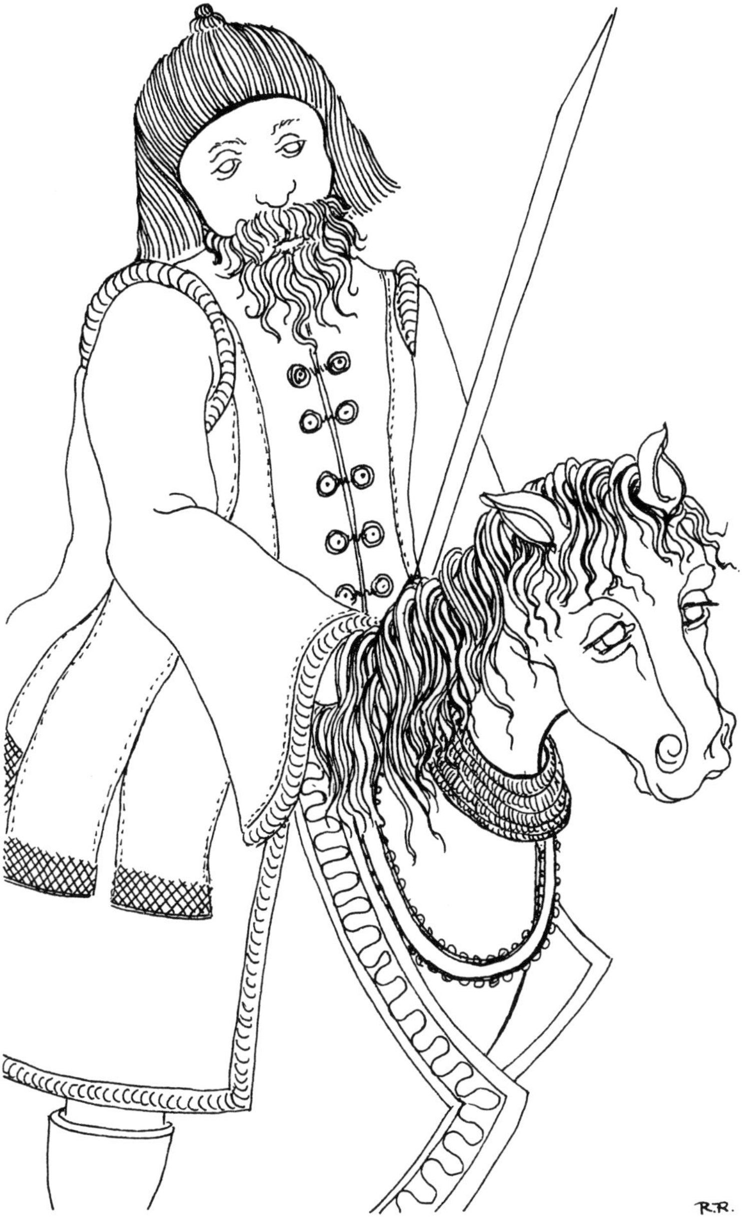
R.R.

Aconteceu há muitas centenas de anos que, longe daqui, um grande rei governava benevolamente uma vasta e fértil região. Em seu palácio vivia uma criada que dedicava à rainha fiel serviço e esta lhe era afeiçoada. Era a aia da soberana e só recebia tarefas leves.

Chegou então o dia em que a rainha devia dar à luz a uma criança, e, na mesma hora, estava para acontecer o mesmo com a aia. A serviçal buscou uma parteira que, por causa de sua sagacidade e artes secretas, gozava de grande reputação no reino. Ela partejou o filho do rei e também o filho da criada. Então enrolou o filho do rei em linho grosseiro e o deitou junto à criada adormecida, mas a criança que a aia tivera como filho de uma serva, ela envolveu em seda macia e o aninhou no leito da rainha. Quando as mães acordaram, cada uma pegou carinhosamente seu bebê nos braços.

Os garotos cresceram lindos e fortes. O filho da aia era honrado no palácio e elevado acima de todos os filhos do reino. Era o primeiro depois do rei e tinha um assento de prata ao lado do trono. Fora instruído em tudo o que os sábios do reino e conselheiros conheciam. Mas o filho do rei florescia sob o teto de uma serva, e o fundo de seu coração e seus olhos luminosos eram as únicas fontes de sua sabedoria. Embora chamasse de pai a um homem humilde, descobria-se nele um porte altivo e uma natureza livre. Amava, acima de tudo, as veredas solitárias das montanhas e evitava a companhia dos rapazes barulhentos. Porém, ao menino que morava no palácio, o esplendor do átrio real parecia frio; freqüentemente olhava para fora, por duas colunas que se abriam, e seu coração o atraía para junto do lavrador que sulcava a terra preta com seu arado.

A parteira habitava numa cabana fora da cidade, onde começava a floresta. E, por muitas décadas, ela carregou o ônus daquele ato e sabia que sua morte se aproximava. Ao sopro desta, sentia-se oprimida pelo segredo de haver trocado o filho do rei pelo filho da aia, e causava-lhe muita dor que tivesse de calar o fato para sempre. Dirigiu-se, pois, à janela de sua cabana e sussurrou o segredo cautelosamente, de modo que ninguém pudesse ouvi-lo, exceto o vento que movia as folhas das bétulas. O vento, entretanto, levou-o apressadamente às mulheres e crianças que procuravam sombra e doces frutinhas na floresta. Em casa, as mulheres contaram-no aos seus maridos, e cada marido o confiou, no trago da tardinha, ao seu melhor amigo. Mas, os homens da cidade falaram entre si, assim: "Vamos esconder cuidadosamente este segredo do rei, para que o infortúnio e a dúvida não o invadam na velhice! Pois, o que ocorreu não pode ser corrigido. Poderemos nós, um dia, virmos a ser governados por um rei que, na juventude, foi educado numa casa humilde? E também não é possível que toda esta história não passe de uma mentira e invenção?"

Não obstante, aconteceu que um deles se dirigiu ao falso filho do rei e traiu o segredo. "Saiba que entre o povo há muitos que o consideram como sendo o filho da aia", disse, "e poderá chegar o momento em que facilmente, acho eu, a nação se rebelará contra você e elevará em seu lugar aquele outro se, em tempo, você não cuidar para que seja destruído". Quando o falso filho de rei ouviu isto, dirigiu-se à câmara mais escura de seu palácio e se abateu sob maus pensamentos. Daquela hora em diante, seu mau humor nunca mais o abandonou. Assim, ao primeiro clarão da manhã, cavalgou com sua comitiva e esmagou sob as patas a semente nos campos do homem que era, na verdade, seu pai. Daí em diante, infligiu-lhe todos os danos que pôde.

Chegou o dia em que o rei morreu, e o falso filho do rei ascendeu ao trono e governou o país. Ao servo, oprimia cada vez mais cruelmente. Este último, contudo, compreendia muito bem porque isto lhe acontecia. Ele falou então com o seu filho adotivo, que era, em realidade, o filho do rei, e contou-lhe o que a gente dizia dele, e como o rei viera a odiá-lo. "Olhe, eu tenho muita pena de você", continuou. "Pois, se você é meu filho, como não hei de estar triste por você, uma vez que ele quer destruí-lo? Mas se é o filho do rei, como dizem, então, de fato, você não merece este destino. Fuja, por isso, do reino." O jovem mergulhou em melancolia, sem saber o que fazer. O rei, porém, não desistiu de persegui-lo com maldades de todos os tipos, até que, por fim, o rapaz se dispôs a fugir. Seu pai adotivo deu-lhe todo o ouro que possuía e preparou-lhe boas roupas. Contristado, o jovem abandonou o país.

No exterior, passava os dias em ócio, desperdiçava seu dinheiro bebendo em noitadas nas tavernas, com a rapaziada, e jogava-o às dançarinas. Mas seu coração continuava opresso.

Enquanto isso, o falso rei governava sua terra de modo severo e impiedoso. Quando passava com o semblante lúgubre pelas ruas de sua cidade e todos se curvavam diante ele, sempre acreditava ouvir um murmúrio vindo da multidão, chamando-o de filho da criada. Ia embora sombriamente e infligia novas privações a seu povo.

Um dia foi caçar com seu séquito. Chegaram a um lugar tão aprazível que o rei quis fazer ali uma pausa. Deitou-se debaixo de uma árvore para descansar. A árvore estava florida e seus ramos se curvavam sobre a água límpida. Lá o rei foi dominado por dores de consciência por haver cometido uma injustiça e banido um homem inocente. Elas a perturbaram e tiraram-lhe todo o prazer. Deu, então, ordem de regresso ao seu pessoal. Ao ver-se, porém, de novo acomodado em seu palácio, afastou de si esta ansiedade e passou a agir como antes.

Nesse mesmo período, o verdadeiro filho do rei teve, uma noite, um sonho encantado. Viu à sua frente um mercado, e, no sono lhe ordenaram que fosse a este mercado; lá, alguém haveria de aproximar-se dele e oferecer-lhe trabalho, que ele deveria aceitar, mesmo se este lhe parecesse difícil e desprezível. Ele acordou, e o sonho havia penetrado fundo em sua alma. Ainda assim escorraçou-o de seu pensamento e continuou, como antes, vivendo entregue ao jogo e à farra. Porém, o sonho sobreveio outra vez, e ainda outra vez, e por fim não mais o abandonou pesando fortemente em seu ânimo. Uma noite, no sonho, ouviu uma voz dizer: "Tenha dó de si e faça como lhe é ordenado". Ao amanhecer deste dia levantou-se da cama, vestiu-se com os trajes simples de um criado, deu para as pessoas da hospedaria o que lhe sobrara de suas posses e saiu da cidade em direção ao caminho que a voz lhe indicara. Depois de andar um bom tempo, viu ao longe o mercado e reconheceu, de novo, o lugar do sonho. Ao pisar na praça, um mercador veio até ele e falou assim: "Se deseja trabalhar, empregue-se comigo como boiadeiro. Eu ainda necessito de um". Pareceu difícil ao jovem, mas o sonho o regia e ele concordou. O mercador começou então a mandá-lo para cá e para lá, dando-lhe ordens ao modo de um rude patrão. Ele cavalgava próximo ao rebanho e punia o desatento boiadeiro com golpes cruéis de bastão.

Certa vez caminhavam por uma espessa e escura floresta. De repente, duas reses se desgarraram do rebanho do jovem e desapareceram por entre as árvores que, de tão densas, pareciam ter os galhos entrelaçados numa única e grande coroa. O mercador voou em sua direção como se quisesse matá-lo. O rapaz se precipitou atrás dos animais e como, na mata, eles, vez por outra, se mostravam e depois seus vultos desapareciam, foi se embrenhando a cada momento mais fundo na floresta. Quando, finalmente, parou exausto, viu que a noite caíra sobre a mata. O terror do selvático o assaltou; o medonho rugir das bestas rapaces chegava até ele. Passou a noite num grosso ramo de uma árvore.

De manhã, ao olhar à sua volta, deu com os dois animais que pastavam pacificamente sob a árvore. Desceu do tronco para agarrá-los, mas, quando quis pôr as mãos sobre as reses, tornaram a fugir e ele se pôs, outra vez, a persegui-las. De tempos em tempos detinham-se numa clareira para pastar, mas quando ele lá chegava, tornavam a escapar-lhes e o arrastavam cada vez mais para dentro da mata. Ele os seguiu até o centro mais espesso da floresta, onde habitavam os animais ferozes que não conheciam o medo, pois viviam distantes dos lugares onde moravam os homens. De novo caiu a noite e os gritos da mata selvagem bramiam horrivelmente em seus ouvidos. Ele trepou em uma árvore muito alta e eis que ali estava um homem. Assustou-se; mas quando percebeu que era um ser tal como ele ficou, contente por não se achar mais sozinho, e perguntou ao outro, "Quem é você, homem?"

"Quem é *você*, homem?" Replicou-lhe o outro: "E de onde você veio?"

O jovem lhe informou: "Duas reses se desgarraram do rebanho e me arrastaram até aqui, mas, diga-me, como é que você veio para cá?"

"Meu cavalo trouxe-me a este lugar", o outro respondeu. "Eu apeei a fim de descansar, então o animal fugiu. Lancei-me ao seu encalço, porém não fui capaz de alcançá-lo e finalmente cheguei aqui". Puseram-se a conversar então e combinaram que haveriam de ficar juntos.

Porém, quando a noite começou a render-se à aurora, o som de uma poderosa gargalhada ressoou ameaçadoramente sobre a floresta e fê-los tremer. Como um tufão, apanhou a árvore na qual os dois estavam, curvou-a até o chão e soltou-a de novo no ar.

Então o companheiro do rapaz disse: "Encontro-me aqui, neste lugar, há muitos dias e noites, e toda vez que a escuridão começa a desaparecer, esta risada ecoa sobre a mata".

"Evidentemente esta é uma morada de espíritos", respondeu o jovem, "pois nunca no reino dos homens uma voz assim foi ouvida".

Logo em seguida tornou-se dia e eis que lá estavam os animais do jovem sob a árvore e o cavalo de seu companheiro também aparecera. Eles desceram ao chão, mas os animais tornaram a escapar, cada homem embrenhou-se na floresta atrás do que era seu, e assim afastaram-se um do outro. Enquanto corria nesta direção, o jovem avistou, de repente, algo estendido a seus pés e, quando se curvou, viu que era um saco cheio de excelente pão fresco. Aplacou a fome e ficou muito alegre, pois o que de melhor poderia encontrar naquela selva? Quando se satisfez, colocou o saco nas costas e continuou a seguir os animais.

Lá onde a floresta imergia na mais espessa escuridão e tornava-se inextricável, surgiu-lhe no caminho um homem de aparência tão estranha como ele jamais havia visto em um ser. Emaranhados cabelos ruivos esvoaçando como chamas em volta do rosto cinza-terroso, em que estavam profundamente incrustados dois olhos verdes como duas grandes bolas de malaquita. Suas roupas pareciam ter sido feitas da pele de mil lagartos. Ele encarou o jovem com um relâmpejo de olhos tão penetrantes que este último, paralisado, não conseguiu se mover do lugar.

A criatura do bosque dirigiu-se-lhe, dizendo: "Como foi que você chegou até aqui?".

"E como foi que você chegou até aqui?", perguntou o jovem, replicando.

E o outro respondeu: "Estou aqui desde o início dos tempos, mas você, como veio ter aqui? Nunca, ninguém do reino dos homens alcançou este lugar".

Então o moço notou que seu acompanhante não era um ser humano. Porém, o espírito do bosque indagou de novo: "O que você procura aqui?"

"Estou perseguindo dois animais que se desgarraram do meu rebanho", contestou.

"Basta", disse o espírito do bosque, "agora venha comigo".

O jovem pôs-se a andar atrás dele e não ousou dirigir-lhe a palavra. No caminho, encontrou o companheiro da noite anterior e lhe fez sinal de que podia acompanhá-los.

Então este último notou o saco de pão sobre os ombros do outro e suplicou-lhe: "Meu irmão, não como nada há dias, dê-me pão".

"Como posso dar-lhe meu pão?", redargüiu o jovem. "Considere, de que forma vou salvar minha própria vida nesta selva?"

Porém, o outro insistiu muito e disse: "Eu serei completamente devotado a você, como servo, se me der pão".

Ele, então, o aceitou como servo, diante do que o outro lhe prometeu, sob juramento, jamais abandoná-lo, e o jovem partilhou com ele o seu pão, dando-lhe tanto quanto o outro pôde comer.

A partir daí seguiram juntos o espírito do bosque. Finalmente saíram da floresta que desembocava num vale desolador. O solo estava atapetado de cobras e salamandras que enrolavam seus corpos úmidos e lisos uns nos outros.

O jovem perguntou ao espírito do bosque: "Como haveremos de atravessar isto aqui?"

Este apontou silenciosamente para uma casa que ficava no alto, sobre suas cabeças, no ar. Em seguida, agarrou os dois em suas mãos, alçou-se com eles no ar, e os levou ilesos, para dentro de sua casa. Ela estava abarrotada de bizarra mobília, cujo significado o jovem não conhecia, mas ele descobriu no seu interior tudo o que um ser humano precisava. O espírito do bosque pôs sobre a mesa boas coisas, em abundância, para que eles pudessem comer e beber, e deixou a casa da mesma maneira como viera. Os dois lá permaneceram e se saciaram.

Aí, o servo ficou muito contrariado, pois se vendera por um simples momento, uma vez que, agora, tinha comida em abundância. Suspirou e gemeu alto: "Como cheguei a tal vida? Como cheguei a isso, tornando-me um servo?"

"Qual era pois a sua condição", perguntou-lhe o rapaz, "para que você se sinta agora tão exasperado em me servir?"

A isto o outro retorquiu e contou-lhe que fora rei no reino dos homens e como havia surgido um boato entre o povo dizendo que o verdadeiro rei fora trocado após o nascimento e vivia na casa de um servo enquanto ele, o filho do servo, sentava-se no trono e como, desde então, ele cometera muitas maldades contra aquele outro, que fugira do reino. E continuou a relatar que uma noite, em sonho, sobreveio-lhe uma voz e a voz do sonho lhe ordenara: "Livre-se de seu reinado e caminhe para onde seus olhos o conduzirem, pois você deve expiar sua culpa". Ele não atendeu ao sonho que, no entanto, sempre tornava a voltar; não encontrando mais descanso em nenhuma noite, até que, por fim, fez o que

O FILHO DO REI E O FILHO DA CRIADA

lhe era ordenado, abandonou o reino e partiu; e agora se tornara um servo.

O jovem ouviu tudo isto e nada comentou. Ao anoitecer, o espírito do bosque voltou, ofereceu-lhes comida e bebida e preparou-lhes um leito. Pela manhã, o som da poderosa risada ecoou de novo sobre a floresta. O servo instigou o jovem a saber do espírito do bosque qual era o significado daquilo. Ao que ele lhe perguntou: "O que é esta voz que gargalha sobre a floresta no alvorecer?"

"Esta", disse o espírito, "é a risada pela qual o dia escarnece da noite quando, ao se aproximar a aurora, ela lhe pergunta: 'Por que não tenho mais um nome quando você aparece?' Então o dia desata a rir e toma posse da terra".

Depois de dizer isto, deixou-os como antes. Retornou somente ao entardecer. À noite ouviram, em poderosa amplificação, as vozes de todos os animais da floresta; reconheceram o rugir do leão, o horrível uivo do leopardo errante, o doce arrulho das pombas do bosque, o grito do veado e sempre novas vozes que se misturavam às outras. A princípio tudo lhes soava como uma grande confusão; porém, quanto mais apuravam os ouvidos, percebiam tratar-se da melodia de uma canção. Toda a felicidade da terra parecia-lhes vã comparada à delícia deste cântico. O servo persuadiu seu senhor a perguntar ao espírito do bosque o que seria isso e ele assim o fez: "Os animais da mata", respondeu o espírito do bosque, "souberam que o sol deu de presente à lua uma nova vestimenta de prata. E visto que a lua é sua grande benfeitora e sua luz se espalha sobre os atalhos noturnos, pois os animais da floresta se recolhem durante o dia e ficam acordados à noite, decidiram honrá-la com uma nova canção e criaram a melodia que vocês ouviram". Tendo eles ficado surpresos com o fato, prosseguiu: "Se isto já lhes parece incompreensível, muito mais espantados hão de ficar quando virem meu bastão miraculoso, que tem o dom de fazer com que cada animal por ele tocado cante a sua melodia!"

Na terceira manhã o espírito do bosque conduziu-os para fora da casa, através do ar, até a senda da floresta onde os havia encontrado, e falou, "regressem agora para o reino dos homens!"

"Que caminho devemos seguir?", perguntou-lhe o jovem.

"Procurem o país", respondeu o espírito da floresta, "que é chamado de país tolo do rei sábio!" E indicou-lhes a direção. Mas, ao se afastar, deu ao jovem, como presente, o bastão miraculoso de que havia falado, desejou-lhe boa sorte, e desapareceu.

Eles se puseram então a caminho. Entraram no domínio dos homens e seguiram em frente até alcançar o país chamado país tolo do rei sábio. O país era rodeado por uma muralha e tiveram que andar muitas milhas até encontrar o portão. Quando quiseram entrar, o porteiro recusou admiti-los.

Então o jovem bradou: "É realmente um país tolo, este que não admite viajantes!"

O homem, ao portão, replicou: "Até agora nossa nação era chamada de país tolo do rei sábio. Mas agora nosso rei morreu e, quando estava à morte, ordenou que depois dele este país deveria chamar-se o país sábio do rei tolo, até que viesse alguém que se propusesse a restaurar, com sua sabedoria, o nome anterior, e ele deverá tornar-se rei em seu lugar. Por isso não deixamos entrar ninguém, a não ser que se atreva a semelhante tarefa. Se o senhor está pronto a tanto, então entre".

Diante disso o jovem não se arriscou e retirou-se cabisbaixo. O servo o aconselhou a dirigir-se a um outro país, pois aqui não poderiam permanecer. O outro porém não concordou, visto que se lembrou das palavras do espírito do bosque. Entrementes, foram alcançados por um homem em vestes negras, montado num cavalo negro. Ele cavalgou até eles e encarou o jovem que, sob este olhar, sentiu-se singularmente constrangido e, como que obrigado a tocar o cavalo com seu bastão. Assim que o fez, e o cavalo pôs-se a cantar a melodia da lua, com uma voz deliciosa.

Então o homem de negro riu e disse: "Você quer ficar brincando para sempre com seu bastão? Não lhe veio à cabeça que ele lhe foi confiado para algo melhor? Não se tornou claro, para você, que este instrumento desencanta em cada ser a verdadeira voz de seu coração e que, enquanto você o detiver, poderá entender cada coisa, do âmago das coisas?" Depois destas palavras o estranho volveu sua montaria e partiu a galope.

Só aí o jovem entendeu por que o espírito da floresta o encaminhara para aquele lugar. Voltou ao portão, pediu que o admitissem e concordou em empreender a tarefa. O vigia o conduziu à assembléia dos príncipes. Estavam sentados em círculos na antecâmara do rei e não sabiam o que fazer.

Os príncipes lhe disseram: "Saiba que nós também não somos tolos, mas o falecido rei era um homem de tão grande sabedoria que nós todos, diante dele, éramos vistos como tolos; por isso chamam esta terra de país tolo do rei sábio. O rei deixou um filho que também é sábio, mas tão pouco que, comparado a nós, não passa de um tolo, e por esta razão o velho rei, ao morrer, ordenou que o nome do país deveria ser invertido, até que chegasse alguém que se igualasse a ele em sabedoria e restaurasse o antigo nome. Para o rei, quem fosse capaz de fazê-lo, a ele seu filho deveria entregar o domínio do reino. Portanto, jovem, saiba ao que está se aventurando e que a prova é difícil. Em nossa cidade há um jardim que foi criado em tempos remotos por uma estirpe de gigantes. De sua terra negra, num extenso campo, crescem, como árvores, poderosas espadas de aço e apetrechos marciais de ouro e prata. Porém, se um homem pisar no jardim, os espíritos da estirpe de gigantes, desaparecida, levantam-se, perseguem-no e afugentam-no. Agora veremos se você, porventura, é tão sábio que possa dominar os espíritos".

O moço pediu que lhe indicassem o caminho do jardim. À sua volta erguia-se um muro; um portão enferrujado pendia aberto nas dobradiças e não se vislumbrava nenhum guarda. Em um nicho no muro, perto do portão, erguia-se, atrás de um gradil prateado, a estátua de um homem com uma coroa de ouro e um dourado manto real, porém a face e as mãos eram de marfim. Por sobre a estátua havia sido embutido no muro uma placa de alabastro, na qual, em letras reluzentes, podiam ser lidas as seguintes palavras: "Este que aqui está foi outrora rei deste país e, antes dele e depois dele, houve guerras incessantes, mas em seus dias reinou a paz". O jovem tocou o gradil que imediatamente se escancarou. Ele compreendeu então que lhe fora ordenado, por intermédio desse rei, expulsar os espíritos e redimir o jardim. Agarrou a estátua, adentrou com ela o jardim e a colocou no centro. Nada se moveu e ele saiu do jardim em paz. Daí voltou e contou o ocorrido aos príncipes. Eles se dirigiram ao local, sendo conduzidos pelo jovem para o interior do jardim pacificado.

"Embora tenhamos visto isso", disseram os príncipes ao jovem, "ainda assim não podemos lhe dar o reino somente por este feito. É preciso passar por uma segunda prova. Desde tempos remotos existe em nosso país um trono finamente entalhado numa colunata de mármore, erigido numa colina, no centro do reino. O assento é entalhado da madeira de uma árvore sagrada e adornado com desenhos de todos os animais e plantas existentes no reino. Defronte há uma mesa e, sobre ela, um candelabro de sete braços. Antigamente acontecia que a pessoa que se sentasse no trono abrangia com seu olhar o país inteiro e nenhum ato que ocorresse nele ficava-lhe oculto. E aquele que acendesse os setes braços do candelabro conhecia todos os pensamentos cogitados em qualquer lugar do país. Mas desde a morte do velho rei, os olhos de quem se senta no trono turvam-se e ele não vê mais o que o rodeia e o candelabro não mais se acende quando se quer iluminá-lo. Do trono, porém, saem muitas estradas, como raios de uma estrela, em muitas direções através de todo o país. No meio de cada caminho encontra-se um animal de ouro, alado. Outrora, todos estes animais entoavam à meia-noite uma maravilhosa melodia. No entanto, desde a morte do velho rei permanecem em silêncio. Se alguém se aproxima, eles se lançam com as mandíbulas abertas e o devoram. O povo vive em ansiedade e desolação e, até então, ninguém conseguiu decifrar a origem deste fato. Vamos ver se você é tão sábio a ponto de poder agora restaurar a antiga ordem."

Eles o conduziram à antecâmara do trono. Quando o jovem o fitou, reconheceu que fora entalhado da mesma madeira do bastão que o espírito do bosque lhe entregara. Em seguida, observou o trono a fim de descobrir os motivos pelos quais este perdera o poder. Então notou que na ponta do sólio faltava uma rosa entalhada; procurou e a encontrou escondida sob uma pedra da sala. Inseriu-a novamente no trono. Depois observou o candelabro e verificou que estava um pouco deslocado em relação ao centro da mesa, e ele o trouxe à posição correta. Então subiu ao trono e iluminou o candelabro. Inspecionou toda a terra e todos os pensamentos e feitos, passado e presente, e reconheceu que, antes de sua morte, o velho rei, de propósito, desarranjara tudo de tal maneira que fosse dado encontrar um homem capaz de restaurar e trazer cada coisa ao seu devido lugar. Viu os áureos animais postados nas estradas e percebeu que também eles haviam sido ligeiramente afastados de suas posições. Mandou que todos eles fossem removidos de volta ao seu antigo lugar, e os animais permitiram que os homens se aproximassem deles a salvo. Quando o último animal foi reposto em seu lugar era meia-noite, e todos entoaram a grande melodia.

Os príncipes deram então o reino ao jovem. Aí, ele disse ao seu criado: "Agora eu sei quem eu sou, eu sou na verdade o filho do rei e, você, na verdade, é o filho da criada".

O MESTRE DA PRECE

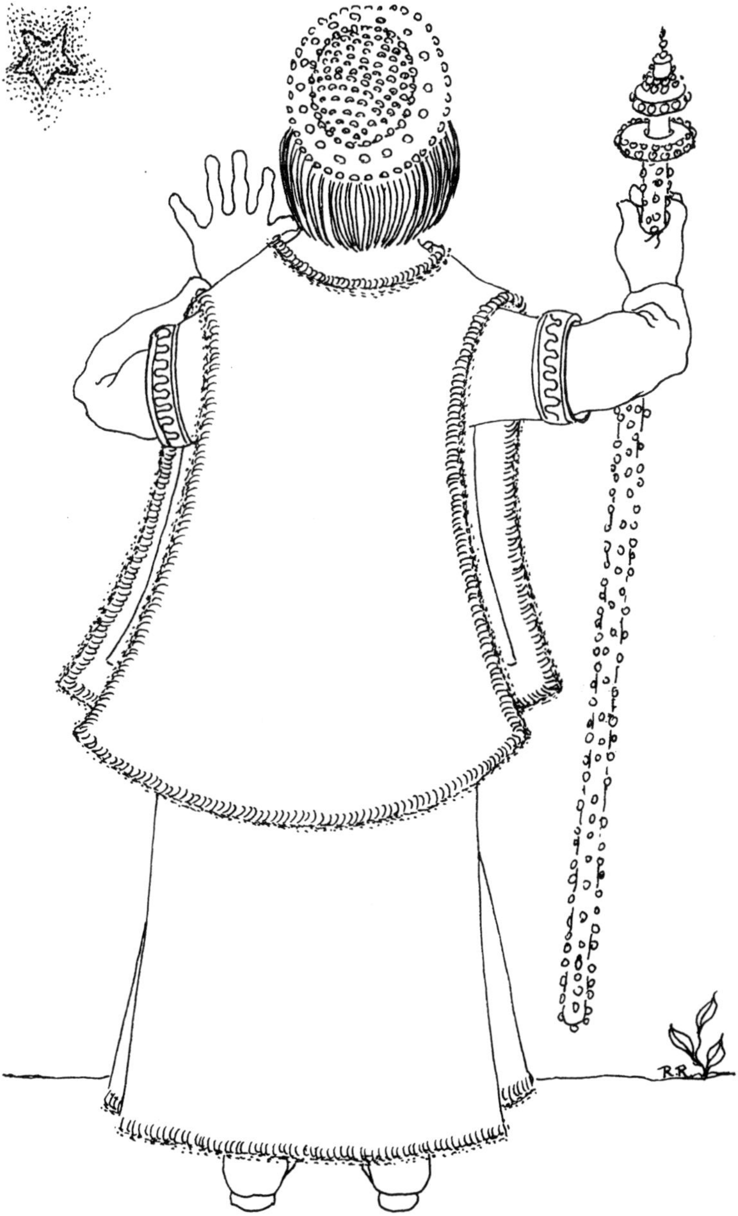
R.R.

Vivia outrora um homem a quem chamavam mestre da prece. Servia a Deus todos os dias de sua vida com louvores e, ao praticar este ato, fazia-o com uma tal força como jamais fora vista, até então, na alma de uma pessoa. Escolhera seu lugar de morada longe das habitações das criaturas terrenas, junto ao mar silencioso, rodeado de árvores sombreadas. De tempos em tempos acontecia que ele se preparava, deixava o sítio de sua concentração e saía a visitar o mundo. Então se juntava a uma ou outra pessoa que encontrasse por acaso, trocava com ela saudações, acompanhava-a e, da conversação sobre as coisas cotidianas com o companheiro que começava a confiar nele, elevava-lhe a alma e, gradualmente, a conduzia ao significado de todo o ser. E, sucedeu, por vezes, que o ouvido e o coração do outro se lhe abriam e permitiam que sua palavra penetrasse, e este homem rapidamente renunciava a todos os laços e a toda a luxúria da vida e o seguia. Deste modo, cresceu e firmou-se uma povoação à beira-mar. Mas o mestre sabia muito bem o que cada um de seus seguidores necessitava a fim de que ele lhe desse o impulso para o vôo sagrado e, por isso, deixava que os ricos vivêssem pobremente de modo que o espírito da simplicidade despertasse neles; porém, para aquele que havia sido um mendigo, ele dava abundância suficiente.

Entrementes, elevou-se nos domínios dos homens uma lamentação por aqueles que haviam desaparecido e, logo, foram dispostas armadilhas em todas as estradas para a captura do estranho homem. Mas nenhuma delas conseguiu agarrá-lo. Ele trabalhava imperturbado, atuava com sua palavra e levava aqueles que haviam se tornado seus.

Nesta mesma época existia na esfera do mundo uma terra chamada o país da riqueza, conforme o caráter dos seus habitantes. Eles viam unicamente no dinheiro a sua meta de vida e não queriam reconhecer nenhum outro benefício e nenhuma outra perfeição além da propriedade. Assim sendo, todas as dignidades e todas as posições entre eles eram regidas por este valor. Era necessário possuir bens em certa medida para que alguém pudesse ser considerado simplesmente um homem; quem não possuísse este tanto estava abaixo do nível e ocupava, na avaliação que faziam, a categoria de um animal antropomorfo, e era assim denominado. Quem possuísse mais do que o padrão mínimo ocupava uma posição mais elevada, e um homem muito rico estava próximo às estrelas; pois ele tinha, assim acreditavam, o poder das estrelas, que levavam o ouro a germinar no regaço da terra. Aos mais ricos de todos, porém, que não poderiam jamais abarcar ou apenas passar em revista tudo o que lhes pertencia, a estes elevavam à condição de deuses acima deles e os serviam rojados na poeira. Era de praxe que cada um demonstrasse suas posses todos os anos, a fim de poder manter sua posição, ascender ou cair, e podia então acontecer que, por vezes, um homem se convertesse em um bicho, e um bicho, num homem.

Tendo estabelecido de tal modo a ordem, a lei e o governo segundo a sua crença e querido de tal modo encontrar nela o único significado e o verdadeiro cerne da existência, seu orgulho cresceu desmesuradamente e, por fim, verificaram que não era compatível com sua grandeza viver entre os seres comuns, e todos juntos se transferiram para uma região de montanhas, à beira da terra, pois julgavam que cabia a eles viver acima dos demais povos da terra e de lá contemplá-los. Assim, em grupos separados, povoaram os cimos das montanhas, bloquearam as estradas que de lá conduziam ao mundo, e deixaram em cada montanha somente uma passagem secreta. Este acesso oculto foi por eles guarnecido de guardas, que escolheram entre os pobres porque estariam comprometendo demais sua dignidade se tivessem que postar-se no caminho para a esfera desprezada do mundo.

Neste país, no entanto, tudo foi se tornando mais selvático e mais desolado. Roubos e assassinatos dominavam em toda parte como o grande meio para a perfeição, enquanto a compaixão era considerada como vergonhosa loucura. Aos mais ricos, tidos como deuses, eram trazidos animais humanos para o sacrifício, e muitos não hesitavam em sacrificar-lhes suas próprias vidas, pois, destarte, cada um deles esperava que na próxima reencarnação também pudesse ressurgir como um homem rico e um deus.

O mestre da prece, todavia, veio a saber da existência deste país. Imediatamente sentiu-se tomado por uma profunda compaixão para com os pobres tolos e resolveu usar toda sua energia a fim de conduzi-los ao caminho correto. Assim, transportou-se para lá, procurou pelos guardas e falou-lhes sobre a vaidade do dinheiro e o verdadeiro significado do mundo. Mas não lhe prestaram nenhuma atenção; pois, apesar de serem pobres e nada valerem, ainda assim a doutrina da divindade do ouro estava profundamente arraigada em seus corações. Então o mestre da prece os deixou, mudou de aparência, e entrou secretamente no país. Tão logo ali, tentou de novo penetrar nas almas entorpecidas do povo, porém toda a sua força interior foi insuficiente e ele precisou partir sem ter logrado êxito, mas com o intuito de retornar em breve para novo combate.

Naqueles dias visitava a terra um poderoso herói cujo feito era a conquista e cujo desejo era subjugar, para si, todas as nações. Muitas já haviam se sujeitado a ele e seus habitantes viviam pacificamente sob sua mão protetora. Aqueles que se lhe rendiam não sofriam nenhum dano em suas posses e vida, mas ele destruía quem ousasse lhe resistir. Costumava expedir mensageiros antecipadamente a cada nação da qual se aproximava em sua marcha, exigindo submissão e, somente se se negassem a obedecer-lhe, lançava-se com suas armas sobre aquele povo e o obrigava a se lhe sujeitar.

Aconteceu, então, que o povo do país dos ricos soube, através de mercadores que foram por eles enviados aos rincões desprezados do restante da Terra a fim de coletar novos tesouros para sua grandeza, que este conquistador estava a caminho de seu reino e disposto a conquistá-lo. Uma terrível ansiedade os dominou. Não era o novo poder que tanto temiam. Mas haviam sido informados que o herói dava pouco valor ao ouro, na realidade desprezava-o, e não toleraria que alguém reverenciasse tal posse. Assim, eram a crença e a norma de vida deles que deveriam ser defendidas do ataque. Um grande conselho do povo foi convocado. Aí, os mercadores que haviam vasculhado toda a amplidão da Terra, deram notícia de uma região cuja riqueza de longe ultrapassava a deles, na verdade ultrapassava toda imaginação humana, visto que todos os seus habitantes eram deuses pelo poder que suas posses lhes davam. Estas pessoas, supuseram eles então, detinham, certamente, os meios de ajudar-lhes com suas mãos carregadas de ouro.

Mas, enquanto o conselho se reunia, o mestre da prece conseguiu, de novo, entrar nessa terra estranha. Como da primeira vez, começou a falar com os guardas, e eles lhe contaram sobre um herói invencível que ameaçava seu território e como seus maiorais pretendiam pedir ajuda à terra dos deuses contra o invasor. Rindo, ele os censurou por tal loucura e lhes falou de Deus, a fonte e a meta de toda a vida interior. Desta vez os guardas seguiram seu discurso com meia atenção e, ao terminar, um deles falou: "E o que posso fazer, neste caso, se sou apenas um indivíduo e um homem sem poder!" Pareceu, neste momento, ao mestre como se, com semelhante resposta, um grande acontecimento já estivesse ocorrendo.

Seguiu adiante pela cidade, onde, em todo lugar, escutou conversas sobre o guerreiro e do perigo que ameaçava a crença. Misturou-se a todos os tipos de pessoas, ouviu-as e procurou lhes mostrar a futilidade de seu modo de pensar. Enquanto elas lhe davam informações sobre o herói e seus feitos, disse ele, a certa altura, a si mesmo: "Será que é *ele*?" – e era como se o conhecesse. Este fato foi notado por alguns que já estavam exasperados com o mestre da prece por ele haver ridicularizado sua lei; agarraram-no no ato e trouxeram-no diante dos detentores do poder a fim de que o julgassem como blasfemo da fé e como alguém que está aliado ao adversário deles. Os juízes o interrogaram para saber se conhecia aquele conquistador.

"Há tempos eu servi um rei", respondeu o mestre. "Em sua corte vivia um herói. Se, como creio, for este o homem que ameaça sua terra, então eu o conheço."

"Mas de onde você o conhece?", perguntaram.

Diante do que começou a relatar o seguinte:

"O rei de quem lhes falo possuía um desenho maravilhoso que se parecia ao formato da mão com todas suas linhas e sulcos. Era uma tábua que representava todos os mundos em todos os tempos, e onde quer que ocorresse algo; ali estava registrado para ser lido o destino das nações, cidades, homens e todos os caminhos para este mundo e os caminhos ocultos para os mundos distantes. Nele se encontrava cada coisa como era na hora em que o mundo foi criado, como ficou desde então e como é hoje. Assim, Sodoma está registrada em sua arrogância, antes da destruição, e lá está Sodoma, como é hoje, tocada pelo dedo do Senhor. Porém, somente o rei podia ler esta mão."

Assim falou o mestre, todos lhe prestaram atenção e o toque da verdade que soava em suas palavras bateu em seus corações.

"Agora nos conte, onde está o rei?", perguntaram-lhe a seguir.

Alguns, porém, foram imediatamente tomados pela sua antiga paixão pelo ouro e indagaram gananciosamente: "Se ele detém tal sabedoria, é bem possível que possa nos mostrar caminhos que nos conduzam para o seio da terra, ao lugar onde está o ouro?"

Então o mestre ficou colérico e bradou: "Vocês continuam sempre pensando em acumular riquezas? Não me falem jamais disso!"

"Bem", responderam, "conte-nos em todo caso onde seu rei reside".

"Hoje", disse ele, "também eu não sei dizer. Mas quero lhes contar o que aconteceu". E ele relatou o seguinte:

"Havia um rei e uma rainha que tinham uma única filha."

"Na corte do rei viviam mestres de muitas artes e ofícios. O rei, que era o senhor da mão, a tábua de todos os mundos e tempos, conhecia o lugar onde cada arte e ofício tinha sua fonte primal que manava das profundezas da eternidade; e conhecia os caminhos para estes lugares. Sempre que um mestre sentia que o seu dom se exaurira e que as coisas não mais se submetiam ao seu comando, então o rei o enviava ao seu lugar para renovar seu poder. Assim, aconteceu haver lá um cantor que possuía o dom de encontrar palavras e sons encantados e com eles emocionar todos os corações. A ele o rei mostrou o lugar da melodia inesgotável que por si mesma, em si, volta a soar. E lá havia um sábio que o rei encaminhou ao sítio da luz, onde os últimos fundamentos se abriam e nenhuma camada podia resistir ao olhar. Quanto à minha pessoa, mostrou-me o lugar da alma onde a fonte do fogo se arremeteu contra mim e o poder de minha prece se rejuvenesceu em seu jorro. E da mesma maneira este conquistador, de quem vocês têm medo, deve ao rei a perfeição de sua invencibilidade. Pois ele o guiou à trilha que leva ao sítio onde se encontra, na terra, a espada da vitória, à cuja vista todos os viventes que lhe obstruem o caminho se prosternam. E o rei lhe deu a espada. Mas, de tempo em tempo, cumpria-lhe retornar a este sítio e plantar a espada na terra que a nutre e a santifica para novas guerras.

"Quando a filha do rei tornou-se moça, seu pai convocou todos os súditos para que o aconselhassem na escolha de um marido. Meu conselho foi que ela fosse prometida ao herói. Assim ocorreu e o herói e a princesa se casaram. Depois de um tempo, a filha do rei teve uma criança que era um luminoso milagre de beleza e dela emanava esplendor. Chegou ao mundo com perfeito conhecimento; apenas a fala ainda lhe faltava, mas em suas expressões podia-se ler que entendia o significado íntimo de cada palavra. Até olhava para as coisas mudas como se elas lhe contassem algo e ria para elas, não como se sucumbisse ao capricho do momento, mas como se proviesse de um grande e secreto conhecimento.

"Então aconteceu que todos aqueles homens do rei viajaram ao mesmo tempo, cada qual para seu lugar, a fim de renovar seus dons. Neste momento um grande furacão abateu-se sobre o mundo e em sua fúria misturou os elementos entre si, transformando o oceano em terra firme e, a terra firme em oceano, e férteis campos dos homens em ermos desertos. Bramando, também penetrou no palácio do rei, arrebatou em suas asas a maravilhosamente bela criança da filha do rei e a levou embora em rápido turbilhão. O rei, a rainha e a filha do rei precipitaram-se todos em lamentos atrás dele, mas no monstruoso revolver dos elementos ninguém encontrou o caminho pelo qual a criança fora raptada, e assim se dispersaram em todas as direções, perdendo-se sem rumo. Entrementes, um após outro, cada um deles voltou de seu lugar para casa do rei e todos depararam o palácio abandonado. E todos, em sua angústia, saíram à procura dos perdidos sem esperar pelos companheiros. Dessa forma, nos separamos uns dos outros, e procuramos por todos, em todas as distâncias."

Assim lhes contou o mestre da prece, e as gentes o ouviram com grande admiração. Deliberaram sobre sua pessoa e decidiram não permitir que saísse da cidade, pois se aquele herói realmente provasse ser seu amigo, poderia interceder por eles, visto que os mensageiros do herói já haviam chegado ao país e exigido submissão. Também o grande herói, ele próprio, achava-se com suas hostes cada vez mais próximo do país da riqueza e, enquanto seus enviados estavam ainda conferenciando com os homens mais poderosos do reino, ele já estava com suas tropas diante das muralhas e aguardava a decisão. Quando os ricos apelaram, então, ao mestre por proteção, este lhes disse que iria ao campo do herói para ver se reconheceria nele seu antigo amigo. Assim o fez e, cruzando com um dos guerreiros, começou a conversar com ele.

"Quais são seus costumes", perguntou, "e como foi que vocês se tornaram súditos deste homem?"

Então o soldado relatou como foi que o grande furacão se abateu sobre os filhos do mundo.

"Quando o poder do demônio se abrandou" disse ele, "os homens permaneceram por ali indefesos e dispersos, longe dos lugares de origem onde moravam; ponderaram então que tinham necessidade de um guia e meditaram sobre quem deveriam elevar acima deles como seu rei. Todos estavam de acordo que aquele que estivesse o mais próximo do significado da vida deveria ser seu senhor. Mas sobre o significado da vida havia muitas e diferentes opiniões. Os homens não conseguiam chegar a nenhum acordo e a nenhuma decisão.

"Alguns julgaram encontrar tal finalidade na sabedoria; pois pode alguém tirar de todas as coisas algo melhor, diziam, do que conhecê-las? Outros, porém, levantaram a objeção de que a sabedoria é um jogo inútil sem o poder das palavras e se consumiria em seu próprio círculo se não estivesse associada ao discurso que a conduz ao reino do atuar e do acontecer; a palavra é o significado da vida. Ainda assim existia um grupo que declarava que todo o saber e dizer vem do outro e vai para o outro; inteiramente própria, não tocada por nada que seja estranho, reinava apenas a beleza, que repousa eternamente em si mesma. Só a ela se deve buscar. Só a ela se deve servir. Mas outros, dentre eles, bradaram que a beleza não seria nada real sem alguém que se regozijasse nela; ela não é nada mais do que uma coisa e uma imagem da alegria, nascida misteriosamente desta, mostrando por toda a parte espantosa alegria, envolvida pela alegria; alegria é o sol em cuja cálida luz a vida se ultima. Não obstante, havia ainda alguns outros que ouviam isso desdenhosamente e com os lábios comprimidos, e logo se fizeram entender que seria tolice aspirar a tais fugazes e instáveis vaidades; a verdadeira finalidade da vida é a morte e respirar em sua atmosfera durante todos os dias terrenos de alguém é a única dignidade da existência. A estes, entretanto, alguns replicaram que a morte só opõe limites ao curso de quem é passivo e não atua; mas quem na vida cria obras e conquista honor, este resiste à destruição, visto que ele se apresenta como imagem às gerações distantes na hora de sua reflexão e faz de si próprio uma estrela jamais extinta nos tempos vindouros do homem; honra é o significado da existência, pois ela o une à eternidade.

"Desta maneira discutiram por sete dias e sete noites sobre a finalidade da vida até que se lhes tornou manifesto não haver ponte de ligação entre uns e outros. Cada grupo se pôs a caminho, um após o outro, e cada qual palmilhou sua senda para eleger um país e um príncipe conforme seu ponto de vista".

"Eu, porém", disse o guerreiro ao mestre da prece, "e meus companheiros, uma numerosa hoste, éramos homens fortes, mas não habituados a discursos e não tomamos parte na disputa. No entanto, não podíamos nos juntar a nenhum dos grupos, pois sentíamos em nosso sangue e no bater de nossos corações como a vida careceria de sentido sem a força e, além disso, nada podíamos ver com respeito a esta, exceto exercitá-la e influenciar o seu uso por outrem. Quando então os demais se foram, nós nos aprontamos e também partimos e, à nossa chegada, todas as criaturas se escondiam. Um dia um jovem herói veio ao nosso encontro e exigiu submissão. Quando a recusamos, ele ergueu uma espada e a manteve apontada contra nós e, a simples visão dela, nos lançou por terra. Juramos-lhe fidelidade, ele assumiu o domínio sobre nós e, desde então, o seguimos triunfantes de nação em nação. Porém é estranho dizer, nosso soberano assevera que nem a força nem a conquista constituem para ele o sentido da vida; há outro e seu caminho conduz a outra meta. Para nós, entretanto, seu parecer e sua vontade são obscuros, embora, durante todo esse tempo, um amor por nosso guia tocou nossos corações e nos fez abrir os olhos, de modo que vislumbramos coisas que antes nos estavam cerradas, e o mundo nos parece maior e mais brilhante."

Depois de tudo ouvir o mestre pediu para ser conduzido até o herói. Assim foi feito, e quando os dois homens se encontraram reconheceram-se e se abraçaram. Mas a dor pelos que se perderam pairou sobre eles.

"Quando eu então voltei de minha viagem, após a tormenta que devastou o mundo", disse, pois, o herói sobre o seu destino, "encontrei minha casa devastada e todas as pessoas que me eram caras desaparecidas. Aí, eu não mais ditava o caminho aos meus passos, porém errava em círculo, ao acaso. Enquanto assim vagava, cheguei a um lugar onde meu coração, por si mesmo, teve a certeza de que ali o rei deveria estar, mas não pude achá-lo. Então fui mais além. Em uma outra ocasião senti a proximidade da rainha. E, assim, em meu caminho meus pés pisaram os locais de todos os meus entes queridos sem encontrar um só. Mas o seu, eu não vi, e meus passos não cruzaram os seus."

"Eu também", respondeu o mestre, "andei por todos esses sítios onde aqueles que nos são caros se detiveram para se lamentarem, e em cada local, o lamento havia se alojado nos ramos das árvores e na garganta dos pássaros, e assim ouvi as árvores farfalharem e os pássaros cantarem para mim. E lá onde fica o seu lugar, também estive.

"Aí espalhado sobre uma colina, pairava um brilho dourado que não se esvanecia mesmo à luz do crepúsculo e o brilho pintava, no cume pedregoso da colina, a figura de uma coroa. Fiquei, pois, sabendo que ali o rei havia morado e que, junto dele, ali repousara a sua coroa, que não pode permanecer em nenhum lugar sem deixar nele a sua imagem. E de toda a parte em derredor vinham a mim, do ar, os poderosos e solitários lamentos. Mas, do rei não pude encontrar nenhum rastro.

"Adiante caminhei por uma terra de areia. Lá observei no solo grandes gotas de sangue que ali permaneciam; não escorriam e não secavam e, nelas, o mirar de dois olhos parecia dirigir-se a mim, em cima. Eu sabia serem aquelas as lágrimas da rainha que as havia vertido de seu sangue. E através da areia toda sussurrava o lamento, suave e entrecortado. Mas a rainha não se achava em lugar algum onde pudesse ser vislumbrada, naquelas abertas e extensas planuras.

"Saí de lá e uma manhã deparei com um riacho sobre o qual fluía um estreito veio leitoso que não se misturava à água. E do riacho vinha o doce e terno murmúrio de um meigo e lastimoso acalanto que nunca terminava, e afluindo aparentemente sem qualquer mudança, sempre na mesma medida, fazia nascer ainda, de si, sempre novos sons. E eu sabia que o leite brotara do seio da filha do rei enquanto ali estivera e se afligira por sua criança. Mas ela mesma lá não se encontrava.

"Mais tarde dei com um rochedo gigantesco em uma charneca. Sentei-me próximo a ele e percebi que estava coberto de signos. Reconheci as linhas e os caminhos semelhantes àqueles que estavam gravados na misteriosa mão que pertencia ao rei. Aqui estivera o sábio do rei e tentara copiar algumas linhas da tábua dos mundos. E também do mudo rochedo falava o lamento com átona voz.

"Em outra ocasião galguei um espinhaço muito íngreme, até que alcancei um lugar onde se abria um abismo a perder de vista na escuridão. Mas a escuridão não estava vazia; pelo contrário, um tom lamentoso pairava em seu interior, oscilava para frente e para trás no espaço e enredava-se no ilimitado e tornava a voltar. Aqui o cantor do rei estivera e sua canção preenchera o abismo.

"Então cheguei a um prado onde crescia uma única árvore com ampla ramagem. Debaixo dela a terra estava revolvida, como se tivesse sofrido o golpe de uma enorme espada. E da cavidade ascendia um remoto sussurro do lamento. Lá eu reconheci a sua presença.

"Porém, em outro dia meus passos me conduziram para dentro de um vale, na floresta. Avistei ali, espalhado sobre um limo cinzento, um cacho de cabelo loiro como o sol que brilhava com luz própria. Logo, à minha volta, entre os arbustos, percebi a suave pegada de um pé descalço de criança, e a relva curvava-se dos dois lados das pegadas. Mas não havia nenhum vulto no entremeio. E nos arbustos havia um palavreado, não como um lamento, mas como uma clara e tranqüila conversa infantil de quem tem toda confiança no futuro. Mas a conversa não vinha de nenhuma boca; ao contrário, pendia e esvoaçava por sobre as moitas como teias de aranha."

"Por todos estes lugares também andei", replicou o herói, "mas junto ao cabelo dourado de meu filho eu me demorei, chorei e sete fios deles eu levei comigo. Eles brilham nas sete cores do arco-íris e são meu consolo em todos os meus caminhos.

"Quando me levantei e segui adiante encontrei um bando de gente forte ao qual dominei e à cuja frente me coloquei, a fim de conquistar o mundo para o meu rei".

Então o mestre se lembrou do povo do país da riqueza e relatou ao herói a respeito da loucura que se abatera sobre eles e quão profundamente estavam tomados por esta mania. Confidenciou-lhe que lhe parecia uma tarefa quase impossível mudar seus pontos de vista. "Pois", disse ele, "onde quer que o homem decida ser alguém ou fazer algo, lá permanecem suas raízes no humano, e a partir de suas raízes ele pode curar-se, e no que quer que se empenhe, no saber ou na palavra, na beleza ou na alegria, na morte ou na honra eterna, pode ser salvo por seus próprios intermédios e pode fundamentar sua vida. Onde, porém, o homem se prende à ilusão de possuir algo, aí ele arranca suas raízes do humano; elas não mais lhe extraem a cura do solo humano e não conheço ajuda para ele".

"Uma vez ouvi de nosso rei", falou o herói, "que é possível libertar os homens de todos os erros, menos do erro do ouro. Pois, para aqueles que nele caíram existe só *uma* salvação: devem ser conduzidos pelo caminho que leva ao lugar de onde a espada mágica empresta seus poderes".

Ambos se puseram então, de novo, a pensar em como, também, desaparecera a mão, a tábua do mundos e dos tempos, juntamente com o rei e os seus e refletiram em como o vento tempestuoso dispersara os caminhos para os sítios onde os poderes se renovavam e a mão não estava lá e o rei não estava presente para os fazer conhecer os novos caminhos. A angústia os acometeu mais forte do que jamais anteriormente.

Então, o mestre solicitou trégua e adiamento para o sitiado país, pelo qual seu coração se apiedara, e o herói os concedeu. Os dois concordaram em trocar sinais mediante os quais eles passariam informações se algo sucedesse e se um deles achasse que o outro deveria saber. Depois então se separaram e o mestre seguiu o seu caminho.

Nesse meio tempo, a fim de prevenir o perigo, o povo do país das riquezas decidiu empregar a trégua obtida para enviar mensageiros àquela terra cuja riqueza era tão infinita que todos os seus habitantes foram por eles considerados deuses. Os mensageiros partiram em suas viaturas, mas se enganaram quanto à via correta e perderam-se. Enquanto vagavam pelo mundo procurando, encontraram, um dia, um homem que trazia em suas mãos um bastão dourado inteiramente revestido de pedras cintilantes, das quais lampejavam raios, como se fosse de uma constelação. Tinha o chapéu cingido por cordões de pérolas que pareciam reunir os tesouros de todos os mares. Toda a riqueza de seus deuses tomada em conjunto era como se fosse um brinquedo infantil comparada ao incomensurável valor das jóias que o estranho carregava sobre si. Ao avistá-las caíram por terra com as faces na poeira e gaguejaram palavras de adoração; pois o que poderia significar para eles esta visão, senão a presença do deus acima de todos os deuses? Na verdade, porém, tratava-se do tesoureiro do rei que então, quando o vento tempestuoso alterara a face da terra, escondera os tesouros de seu senhor e, desde então, os guardava. Ele mandou que se erguessem, e quando lhe perguntaram ansiosamente quem era, deu-lhes esta informação. Então lhe imploraram que mostrasse os tesouros do rei. Ele os conduziu à gruta na montanha onde os ricos tesouros jaziam dispostos lado a lado.

Quando os mensageiros viram os tesouros, disseram uns aos outros: "Por que ainda devemos ir à procura daqueles deuses? Vamos pedir a este homem que venha conosco, pois com certeza ele é mais poderoso do que todos os deuses que conhecemos". Fizeram-lhe o convite e ele se apressou em acompanhá-los. O homem lhes ordenou que pegassem o tesouro e o carregassem em suas carretas. "Mas tomem muito cuidado", ele os preveniu, "para não desejar estas coisas como se fossem dinheiro, pois onde quer que alguém almeje sua posse e as empregue abusivamente como fúteis haveres, o nobre bem para o qual foram criadas, qual seja, o de produzir alegria e ser o adorno da vida, transformar-se-á em pó perante seus cúpidos olhos". Os mensageiros ouviram isto com espanto, e só depois de um tempo foi que compreenderam o significado de tais palavras. Então carregaram os tesouros e partiram com eles para casa. Durante todo o trajeto miravam apenas furtivamente, com olhares tímidos e ansiosos, as riquezas espalhadas sobre as carretas.

No país da riqueza foram recebidos com delirante júbilo, pois agora seus habitantes julgaram-se livres do herói, uma vez que abrigavam o deus de todos os deuses, no interior de suas muralhas. O tesoureiro, que percebeu o engano do país, promulgou decretos para os guiar; proibiu a adoração aos deuses, o sacrifício e o aviltamento dos despossuídos; porém, por mais que tentasse e por mais que exortasse as pessoas, não conseguiu demovê-las. Entretanto, como elas lhe falassem incessantemente do herói e lhe pedissem que as libertasse do perigo, o tesoureiro foi ao acampamento, e fez-se conduzir à presença do comandante. Logo se reconheceram, um ao outro, com grande alegria. Passado um tempo, o herói começou a falar e contou todas as coisas que haviam acontecido e também daquilo que o mestre da prece lhe narrara. Em seguida, falaram do país das riquezas e o herói fez saber ao seu amigo qual era a única via de libertação. Então o tesoureiro solicitou-lhe nova trégua, que ele lhe concedeu. Também combinaram sinais para troca de mensagens e depois se separaram.

O tesoureiro voltou ao país das riquezas e falou ao povo: "Aceitem meu conselho que é a única maneira pela qual poderão resistir com firmeza ao herói! Lá, ao longe, no fim das esquecidas sendas, estende-se em mágica luz crepuscular o local de onde a espada do herói tira sua misteriosa força. Este é o lugar que precisamos procurar; somente lá vocês se tornarão livres". As pessoas ficaram muito contentes com isso e rogaram a seus mui louvados deuses, os homens mais ricos do país, para que eles próprios acompanhassem o tesoureiro. Este, porém, informou ao herói sua intenção e, no lusco-fusco da manhã seguinte, o herói disfarçado veio se juntar a ele. Ao mestre da prece, igualmente, enviaram a informação. Também ele veio para os acompanhar, saudando os recém-encontrados camaradas com radiante alegria e assim seguiram para lá com os mensageiros da terra dos tolos. Mas como havia sucedido que, a terra com todas as suas estradas havia sido alterada desde a época do vento tempestuoso, decidiram viajar de reino em reino, até chegar ao lugar certo.

Após muitos dias de viagem, avistaram um reino cuja muralha fronteiriça se estendia a perder de vista. Pararam um homem e lhe perguntaram que país era este.

"Quando a grande tempestade visitou a terra e misturou todas as suas essências", replicou, "os bandos de homens entraram em discórdia e lutaram uns contra os outros acerca do significado da vida. Cada bando seguiu seu caminho para constituir um povo por si e escolher um rei de acordo com suas idéias. E nós, que havíamos reconhecido ser unicamente a sabedoria a meta e o fundamento de toda a existência, nós também procedemos assim e percorremos a superfície da terra à procura do sábio, que deveria ser o nosso soberano. Assim fazendo, encontramos um homem sentado num lugar com a cabeça jogada para trás que contemplava as estrelas. 'É o senhor', nós lhe perguntamos, 'o sábio que conhece o mundo tão bem que nenhum canto escuro lhe escapa aos olhos e nenhuma senda pode se perder ante suas buscas?' 'Eu conheço a vida das estrelas', respondeu ele, 'e desta forma conheço o mundo'. Mas continuamos a conversar, 'e quando o tremor se abateu sobre as estrelas no dia da transformação e as despedaçou, o que o senhor soube então?' Aí ele se calou e não nos deu resposta. E, mais adiante, deparamos outro que, deitado na praia, mirava para dentro do mar, e nós lhe propusemos nossa pergunta. 'Eu conheço a vida do mar', falou, 'e por isso conheço o mundo'. Então lhe perguntamos, 'e quando o sol engoliu o mar, no dia da reviravolta, o que o senhor soube então?' A este respeito também ele ficou silencioso e nós seguimos adiante. E, assim, encontramos muitos sábios absorvidos em suas contemplações, e cada tipo de sabedoria se estilhaçava em face à nossa pergunta. Uma vez, porém, avistamos em nosso caminho um ancião sentado sobre uma pedra, com os olhos muito abertos, mas não dirigidos à sua frente ou para qualquer objeto ou ser no espaço, mas sim, a contemplar aquilo que estava encerrado em si. 'É o senhor', nós lhe indagamos, 'o sábio que conhece o mundo?' Então ele nos olhou e disse: 'Eu conheço minha alma. É o firmamento que ninguém pode despedaçar. É o mar que ninguém pode engolir'. Nós nos curvamos perante ele e lhe pedimos que fosse nosso príncipe. Ele nos acompanhou e tomamos posse desta terra".

Aí, o mestre e seu povo souberam que aquele sábio deveria ser o extraviado conselheiro do rei. Anunciaram-se, e ele veio ao seu encontro e os saudou com alegria, e conversaram sobre todas as coisas que haviam acontecido e deverão acontecer. Quando lhe contaram acerca da terra da riqueza, ele disse ao mestre. "É verdade que aqueles que estão iludidos pelo ouro só serão curados palmilhando a estrada que conduz ao lugar onde se refaz o poder da espada. Mas, antes, terá de conduzi-los para além daquele sítio, até chegar a uma alta e escura montanha. Se caminhar por ali, com olhos atentos, notará uma estreita fenda, bastante larga apenas para que um homem possa encontrar uma entrada para passar. Acima desta porta, verá gigantescos pássaros pairando ou movimentando-se no ar e, por eles, poderá reconhecer o local certo. A porta conduz a uma gruta. Nesta gruta há uma cozinha onde, desde os primórdios, o verdadeiro alimento do gênero humano tem sido preparado em caldeirões de bronze. Você não notará fogo: ele é impelido até esse lugar através das profundas e invisíveis trilhas das montanhas de fogo da terra; os pássaros no ar atiçam-no com seus volteios ou abrandam-no, conforme seja necessário. O alimento que ele cozinha é o que o liberta da loucura. Saiba, porém, que somente aquele que, por vontade própria, pisar ali será por ele curado."

Estas foram duras palavras para o mestre, e ele e o sábio exortaram os ricos a despertar tal desejo, em seu íntimo. O sábio falou com grande clareza sobre a futilidade do dinheiro que não é senão um modo vazio de troca entre os homens e não tem, em si, valor nenhum nem dignidade; recebendo tão-somente valor e dignidade do proveito e da beleza das coisas que traz a fim de juntar ou que leva a separar. E o mestre falou, em sagrado fervor, de como toda a propriedade de coisas é vã e transitória e que, somente a alma, que renuncia a todo desejo de possuir, tem a verdadeira vida. Eles escutaram essas palavras com grande atenção, como em tempos passados, porém como se fora uma mensagem em língua estranha, de cuja escuridão apenas aqui e ali soasse uma palavra compreensível; mas, nem por isso, foram movidos a convertê-las em vontade própria. O mestre sentiu-se então profundamente desolado e quase decidido a regressar.

O sábio, porém, disse: "Não permita que isso o aborreça. Sei que não está distante o dia em que a loucura será dissipada da terra como se fora um pesadelo da madrugada. Se para nós, também, a estrada não é conhecida e por isso mesmo mal podemos procurá-la, tal como um cego que tateia a sua trilha, não permita, entretanto, que o aborrecimento o impeça de ir adiante, e o caminho lhe será indicado. E deixe-me também ir com você. Mas saiba que salvei a mão da tempestade, a tábua dos mundos, e a encobri, e nunca mais desejei vê-la; pois ela serve somente ao rei, que é a única pessoa a quem foi dado o poder de lê-la. Quero levá-la comigo, ela também, para que permaneça sob meus olhos". Então, juntos, partiram.

Passado algum tempo chegaram novamente a um país e, de novo, interrogaram um homem que encontraram ao lado da muralha.

"Quando a confusão separou os homens uns dos outros, contou-lhes ele, eu e meu povo fomos aqueles para os quais a palavra, acima de tudo, pareceu preciosa e significante. Vagamos de lugar em lugar a fim de encontrar o mestre da palavra que deveria ser o nosso rei. Assim, chegamos a uma praça de mercado onde um homem postado numa tribuna falava à multidão e sua palavra parecia deitada sobre o coração desnudo como o toque da mão. E nós dissemos, um ao outro: 'Agora irão com ele como uma grande onda e farão a sua vontade!' Todavia, quando terminou, o povo o deixou sem pressa e voltou aos seus afazeres como antes, enquanto sua palavra ainda pairava sobre suas cabeças. Em outra ocasião, chegamos a um jardim onde vários jovens estavam sentados em círculo, ao redor de um homem que ensinava e lhes explicava as coisas dos céus e da terra e suas palavras eram como uma torrente de fogo. E nós falamos, um ao outro: 'Agora sua palavra penetrará neles e inflamará aí a verdade'. Porém, quando ele terminou, cada um dos que ali estava começou a propor perguntas ao outro, e este a dar respostas de acordo com a resposta do mestre; pois a palavra havia morrido em seus espíritos e lá jazia como pesada escória. E isto veio a nos acontecer por várias vezes.

"Mas uma manhã chegamos a uma clareira na floresta onde um homem se apoiava numa árvore e cantava para si mesmo de forma singular; pois cantava e cantava, depois silenciava e as árvores então sussurravam para ele uma canção irmã e, quando emudecia, grandes vozes vinham até ele dos rochedos; e, de novo o homem começava a cantar e as coisas tornavam então a silenciar, e ficavam à escuta, porém tão logo ele se detinha ouviu-se um pássaro e logo um coral de pássaros e quando eles se calavam, um riacho respondia ao seu silêncio e cantava. Assim, a canção daquele homem estava à sua volta, e vivia em todos os lugares e, no entanto, era sempre diferente e nova, pois cada uma das coisas tinha o seu próprio e bom modo de cantar. As coisas e os seres levavam a canção adiante; o próprio ar tornou-se uma boca cantante e carregou a melodia para outros mundos. Nós também fomos tomados pelo desejo de cantá-la; ela chegou a nossos lábios e nossos corações estavam plenos dela. Ela ainda estava em nós quando nos inclinamos diante dele e lhe pedimos que nos acompanhasse, como nosso príncipe."

Então o mestre da prece e seus amigos souberam que ele não poderia ser outra pessoa senão o cantor do rei, diante do que pediram para ser conduzidos à sua presença e o saudaram com alegria. Quando descobriu o propósito de sua busca, também os acompanhou.

Juntos, após uma longa jornada, chegaram à fronteira de um país e, mais uma vez, voltaram a inquirir um de seus habitantes.

"Somos aqueles para os quais", declarou ele, "naqueles dias de discórdia tornou-se mais claro do que nunca que nada se compara à beleza que persevera no turbilhão e vence inalterada a todo ataque. Por isso, decidimos percorrer toda a Terra e procurar uma essência da beleza a fim de depositar em suas mãos o poder sobre nós. Mas os tempos se passaram e nós continuamos ainda a vagar de um lado para outro sem um senhor. Pois, em todo lugar, a paz do semblante estava distorcida pela cupidez e os olhos ofuscados por imagens sem sentido. Assim, estávamos quase desistindo de nossa meta quando, num ermo despovoado, demos com uma estranha mulher. Estava sentada sozinha em meio ao ermo e sua face era branca, sem um só movimento. Nunca havíamos visto uma tal beleza e nunca uma tal angústia como a que a sobrepairava, sem destruir, sua beleza. Ajoelhamo-nos diante da mulher e expressamos nosso desejo de que ela se tornasse nossa soberana. Três vezes tivemos de proferir o nosso pedido até que ela nos ouvisse. Na terceira vez, inclinou a cabeça. E, embora continuasse imutavelmente prisioneira de sua dor, tornou-se nossa graciosa soberana."

Assim foi encontrada a filha do rei e ela, igualmente, seguiu com a gente de seu pai, pois dentro dela, como dentro de nós, crescia a esperança e o pressentimento.

Continuaram por um tempo e chegaram a um país que permanecia em silêncio e, somente com muito esforço conseguiram obter resposta de um de seus habitantes.

"Esta é a terra da morte", disse ele,"e nós, aqueles que aqui vivem, vivem sob as asas da morte. Pois, quando os outros homens não quiseram reconhecer seu poder, nós nos separamos deles e marchamos à frente em busca de seu vice-rei na terra. Por longo tempo não nos foi dado o privilégio de encontrá-lo. Contudo, uma vez, à beira de uma gruta, num penhasco, encontramos uma mulher de cabelos brancos que lá permanecia imóvel e ereta, e vimos que estava sob o feitiço da morte. De seus olhos corriam lágrimas de sangue que caíam sobre o solo desolado, pois elas haviam destruído toda a vida, da raiz ao fruto. Nós a conduzimos em nossa carruagem real, e a trouxemos para cá, e fundamos o nosso reino".

O mestre e seus amigos foram levados à presença da rainha e inclinaram-se sobre suas mãos e a filha do rei a abraçou; ainda assim ela não despertou de sua imobilidade. Porém, quando o mestre falou do caminho que estavam trilhando e de como o objetivo se lhes tornara claro, de senda em senda, ela se ergueu para acompanhá-los.

Juntos, mais uma vez, chegaram a um país onde as pessoas a quem se dirigiram com suas perguntas, contaram-lhes: "Nós somos servidores da honra. Quando nos separamos do resto do mundo queríamos tornar nosso rei um eleito e abnegado filho da honra. Procuramos por quem persistisse em ser tão puro e honesto em seu senso de justiça para tornar-se nosso governante. Mas não havia ninguém que aos nossos olhos se aproximasse de tais requisitos. Até que as estrelas nos guiaram ao nosso rei. Ele se achou numa colina, ao seu lado estava a sua coroa, mas em volta de sua cabeça brilhava um misterioso fulgor. Seu olhar penetrava nas esferas futuras. Tudo em seu derredor prestava-lhe silenciosa homenagem. Curvados até o chão, honramos o solo a seus pés, e o elevamos sobre nós como nosso príncipe".

À soleira do palácio o rei foi ao encontro de seus súditos e, ante a sua saudação, fundiram-se todas as resistências. A graça do momento incendiou todos os corações. Mas ainda agora, a imagem da criança perdida não se desvaneceu. Aí, o rei declarou: "O tempo completou-se, os caminhos estão destravados, o erro transformou-se em saber e a escassez em abundância. Marchemos rumo ao país da criança". Foram para lá com o rei e chegaram, pelo caminho que ele lhes indicou, a uma terra que era o reino da alegria, e foram recebidos com alegria pelo povo do país. Este era o povo que nos dias da discórdia devotara-se à alegria e que havia percorrido o mundo para escolher o mais alegre como rei.

Todavia, em lugar algum encontraram um riso no qual vivesse a alma; pois todos eram entrecortados e amargos. Por isso, procuraram por longo tempo. Certa manhã, porém, veio correndo pela estrada, em sua direção, uma criança que, sozinha, saltitava e ria enquanto seus cachos brilhantes esvoaçavam à sua volta e ela abria os seus firmes e pequenos braços ao vento da manhã. Riam as pedras, as árvores e os animais, como se ela lhes contasse algo. Diante do que os errantes falaram entre si: "Onde na terra existe uma alegria como esta? Todos os homens riem sobre algo que está acontecendo e seu riso se despedaça contra algum outro acontecimento. Porém, esta criança ri para a vida como se carregasse, com espírito seguro, tudo o que irá acontecer e sua alegria se alimenta do fulgor das coisas vindouras". Eles elegeram a criança como seu soberano.

Foi isto que eles relataram agora para o rei e seus acompanhantes. Enquanto ainda falavam, a criança, rindo, correu para junto deles e estendeu a todos os seus braços.

Foi esta a hora da alegria. Os tolos deuses do país da riqueza permaneceram ali, parados e embasbacados, pois não conseguiam compreender, de modo nenhum, que felicidade se apoderara de seus acompanhantes, uma vez que não haviam recebido em parte alguma ouro ou algo do valor do ouro. No entanto, também a eles foi lembrado. O caminho para o local da gruta onde era preparado o alimento salvador encontrava-se agora aberto, pois a mão, a tábua dos mundos, estava descoberta, e o rei tornou a lê-la como outrora. Porém, o rei confirmou a palavra do sábio: somente aquele que pisar no lugar por vontade própria será por ele curado. E, por isso, todos os companheiros exortaram os homens do país da riqueza a despertarem em si esta vontade. Ainda assim nenhuma de suas palavras logrou penetrar nos corações surdos. Sucedeu, porém, que algumas das moedas de ouro que os ricos traziam consigo caíram ao solo. A criança fixou seus olhos nelas; os discos faiscantes agradaram-lhe; e ela os levantou, os atirou para o alto e riu. Aí, a semente do riso caiu dentro dos corações surdos e brotou neles. Os homens falaram uns com os outros: "Como ocorreu que nossas almas ficassem presas a estas coisas brilhantes?" Uma grande ansiedade pelo interior de suas vidas começou a infiltrar-se neles e, de repente, ela lhes pareceu sem sentido. Mas nem por isso conseguiam se libertar. Clamaram ao mestre da prece em altas e suplicantes vozes: "Ajude-nos a sair disto!"

Então o mestre levou consigo a gente da terra dos possessos, trilhou com eles a estrada que conduzia à gruta e deu-lhes do alimento para comer. Somente então despertou neles toda a vergonha pelo dinheiro. Jogaram fora todo o ouro que traziam consigo como algo indizivelmente vergonhoso e, tão grande era sua vergonha que, ali mesmo, no lugar onde estavam quiseram, com suas próprias mãos, cavar um buraco na terra para neles se esconder. O mestre, no entanto, com suas palavras, os reergueu e reconfortou. Ordenou-lhes que pegassem do alimento e o levassem ao seu país para que todos pudessem prová-lo e ser curados. Assim aconteceu e a vergonha inflamou-se no país da riqueza. Mesmo as pessoas insignificantes, que eram chamadas de animais, envergonhavam-se por terem sido, até aí, tão pequenas a seus próprios olhos porque não tinham dinheiro.

Mas como os caminhos estavam abertos, cada um dos súditos do rei foi ao seu lugar para renovar sua força. E quando isto aconteceu e eles novamente adquiriram força sobre as almas do gênero humano, o rei enviou-os a todas as nações para curar todas as loucuras, para iluminar todas as ilusões e para deslindar toda confusão e perplexidade. Os povos foram purificados; tudo retornou ao verdadeiro sentido da vida e eles se dedicaram a Deus.

OS SETE MENDIGOS

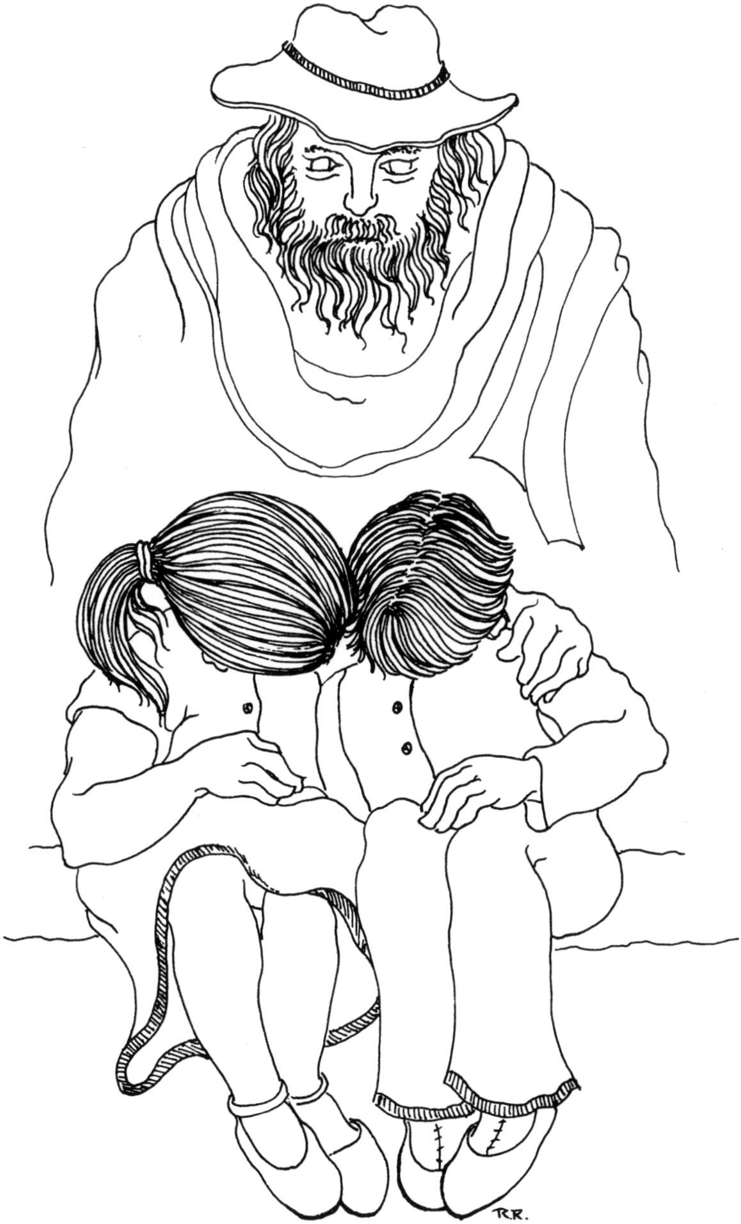
R.R.

Aconteceu há tempos que uma terra foi visitada pela maldição da guerra. Enquanto os homens aptos a carregar armas marchavam ao encontro do inimigo, este irrompeu no país pela retaguarda, encontrou as mulheres e as crianças indefesas, apoderou-se de seus bens e forçou-as a fugir. Acossadas assim pela necessidade e pelo medo, as perseguidas criaturas precipitaram-se pela floresta adentro. Na pressa e confusão, duas mães perderam, cada qual, uma de suas crianças. Eram um garotinho e uma menininha que brincavam juntos e agora estavam unidos em seu desamparo. Prosseguiram em seus folguedos por mais meio dia e se divertiram com limo e pedras, até que a fome começou a atormentá-las; e então deram-se as mãos uma a outra e, chorando, embrenharam-se cada vez mais na profundeza da mata. Por fim chegaram a uma trilha. Depois de segui-la por um tempo, depararam-se com um mendigo que carregava uma sacola cheia a pender-lhe do lado. Correram em sua direção, agarraram-no, e aconchegaram-se nele, e imploraram-lhe que não as deixasse sozinhas. O mendigo lhes deu pão e comida e deixou que se saciassem, depois, porém, ordenou-lhes que prosseguissem com bom ânimo e coragem, pois não poderia acompanhá-las. Enquanto assim falava, as crianças contemplaram o seu rosto e perceberam que o homem era cego; vendo isto ficaram muito admiradas: como podia ele trilhar o seu caminho com tanta segurança? O cego, porém, as deixou e as abençoou com estas palavras: "Possam vocês ser como eu".

As crianças continuaram a vagar. A noite se estendeu sobre elas; acharam uma árvore com um buraco e deitaram-se lá dentro para descansar. Quando acordaram de manhã, levantaram-se e puseram-se em marcha. Passado algum tempo, sentiram novamente necessidade de alimento e começaram a chorar. Então, outra vez, deram com um mendigo em seu caminho e lhe suplicaram como haviam feito com o cego, no dia anterior. Ele lhes fez entender que era surdo e não podia ouvi-las, mas viu que estavam esfomeadas e desamparadas e ofertou-lhes comida e bebida. Ao virar-se para ir embora, notou que elas queriam acompanhá-lo. Indicou-lhes o rumo para que seguissem adiante e não desanimassem; e também as abençoou com as palavras: "Possam vocês ser como eu". No dia seguinte, quando a fome voltou a afligi-las, encontraram, uma vez mais, um mendigo a quem se queixaram de seu infortúnio. Ele as ouviu e respondeu, mas as crianças não conseguiram entendê-lo, pois tinha uma língua grossa e gaguejava. Ele lhes deu comida e bebida e as reconfortou, porém não quis levá-las consigo, e despediu-se com a mesma bênção que os anteriores. No quarto dia, encontraram um mendigo que tinha o pescoço torcido, no quinto um corcunda, no sexto um homem com mãos aleijadas e no sétimo um coxo. Cada um deles deu-lhes alimento e ânimo e as abençoou da mesma maneira.

No oitavo dia saíram da grande floresta e viram, diante de si, esparramada no vale, acolhedora e brilhante, uma aldeia. Entraram na primeira casa e pediram pão, que lhes foi dado em abundância. Assim foram de porta em porta e, quando deixaram a aldeia, tinham mais coisas nas mãos do que elas poderiam segurar. Decidiram então que, daí em diante, nunca mais se separariam uma da outra, e que ambas viveriam da generosidade dos homens. Costuraram com suas próprias mãos grandes sacolas a fim de carregar nelas as dádivas que receberiam. Assim percorreram o país; eram vistos em cada praça de mercado no bando de mendigos, e a cada festa e a cada casamento, lá estavam eles. Logo as jovens e graciosas criaturas conquistaram o amor de seus companheiros quando elas ficavam assim, ternas e ingênuas, com o prato nas mãozinhas, sentadas nos degraus, entre os velhos maltratados pelo tempo. Cada mendigo no país conhecia as crianças perdidas e as protegia onde quer que as encontrasse, como se fossem de seu próprio sangue.

Assim passou o tempo e as crianças cresceram. Uma vez por ano, na capital do país, fazia-se uma grande feira onde muitos homens de todas as regiões se reuniam. Nesta ocasião, ocorriam diferentes jogos e divertimentos, todas as mãos eram gentis e generosas e as dádivas afluíam aos mendigos, nenhum dos quais faltava ao encontro, e eles também se mostravam joviais e bem dispostos. E era com grande alegria que olhavam para os dois jovens em seu meio, e foi no alegre espírito da festa que lhes veio a idéia de casar um com o outro, aqueles dois que desde a infância sempre permaneceram juntos. O rapaz e a moça ficaram bem contentes com isso, mas havia, no entanto, uma preocupação: como preparar o local para o matrimônio e o banquete nupcial. Porém, mesmo para isso, foi também logo achada uma solução. Um dos mendigos propôs que se poderia esperar até a celebração do aniversário do rei, quando haveria comida e bebida em profusão para a arraia miúda; tudo o que recebessem de assados, bolos e vinho poderia ser reunido a fim de ser servido no casamento. Assim sucedeu.

Na véspera do festejo, pois, os mendigos decoraram uma gruta, em frente à cidade, com verdes folhagens e flores silvestres, arrastaram grandes pedras formando uma mesa e prepararam o pálio nupcial com arbustos floridos. Os mendigos vieram ao casamento e trouxeram suas oferendas. Porém, em meio à felicidade, os noivos lembraram do dia em que, ainda crianças, haviam ficado perdidos na floresta e do mendigo cego que, com carinho, lhes aplacara a fome e as reconfortara. Seus corações almejaram ver de novo o ancião. Enquanto estavam assim sentados e refletiam sobre seu anseio, uma sombra apareceu à entrada da gruta e na abertura surgiu uma figura encurvada, escura contra a luz do firmamento.

Uma voz disse: "Vejam, aqui estou eu", e eles reconheceram o primeiro mendigo que os encontrara na floresta. "Eu vim", disse ele a seguir, "a fim de lhes oferecer minha dádiva de casamento. Uma vez, quando vocês eram crianças pequenas, eu as abençoei e desejei-lhes que pudessem ser como eu sou. Hoje, dou-lhes de presente, como um fato consumado, que vocês deverão ter uma vida como a minha. Vocês pensam que eu sou cego. Mas não sou cego. Pelo contrário, acontece que todo o tempo terreno não me afeta e não me concerne, nem por um piscar de olhos. Eu sou muito velho e, no entanto, bem jovem, e ainda não comecei a viver. E isto não se deve à minha própria cisma, porém à grande águia que foi quem mo revelou e prometeu. E eis o que aconteceu:

"Sucedeu uma vez que um bando de homens empreendeu uma viagem pelos mares em navios bem equipados. Mas então viram-se acometidos por uma grande tempestade e foram por ela vencidos, de modo que nada conseguiram salvar exceto suas vidas, ao alcançarem, nadando, uma ilha que se lhes apareceu inesperadamente. Ao explorar a pequena ilha, avistaram uma torre que se erguia em seu centro. Entraram nela e não depararam, na verdade, com nenhum ser vivo mas, não obstante, encontraram tudo o que servia às necessidades da vida. Quando a noite irrompeu já se haviam refeito da fadiga de seus corpos, graças a um breve descanso, e reuniram-se em torno de uma luz muito alegre. Um, dentre eles, sugeriu que contassem histórias. Cada um deveria relatar aos outros os mais antigos acontecimentos que se lembrassem e a primeira fonte de sua memória. Porém, como havia homens de cabelos esbranquiçados, assim como jovens, deferiram a honra aos mais velhos e pediram-lhes que narrassem em primeiro lugar.

"Era um homem tão velho quanto os mares e falava com uma voz que vinha da distância: 'O que deverei lhes contar? Lembro-me do dia em que se arrancou a maçã do galho'. Então o seguinte mais idoso levantou-se e disse: 'Mas eu ainda penso no tempo em que a luz ardia'. E o terceiro, que era ainda mais jovem, bradou: 'Eu posso me recordar do dia em que o fruto começou a se formar'. 'Mas meus pensamentos', acrescentou o quarto, 'alcançam a hora em que a semente caiu dentro do cálice da flor!' 'E para mim ainda está presente', disse um quinto, 'como o sabor da fruta penetrou na semente'. 'E para mim', interveio o sexto, 'como a fragrância da fruta introduziu-se na semente'. 'E eu ainda tenho dentro de mim', falou o sétimo, 'como o formato da fruta juntou-se ao bulbo'. Porém, eu, que nesta época ainda era um menino", declarou o mendigo cego a seguir, "estava também com eles. E lhes disse: 'Recordo-me de todas essas ocorrências e nada mais recordo em absoluto'. Todos ficaram extremamente espantados que o mais jovem tivesse a mais antiga lembrança e que a criança soubesse do mais remoto acontecimento.

"Aí veio a grande águia, bateu as asas na torre, e mandou que todos viessem para fora por ordem de idade: ao menino, ordenou que se pusesse à frente de todos, pois ele era realmente o mais velho na lembrança, e ao mais velho determinou que saísse por último, pois ele era, na verdade, o mais jovem. E a grande águia falou: 'Conseguem vocês recordar-se de como foram separados do corpo de sua mãe, ou de como cresceram dentro de seu corpo? Conseguem lembrar-se do momento quando a semente penetrou no ventre de sua mãe, até o momento em que uma luz brilhou sobre a cabeça da criança, ou como os membros de cada um começaram a formar-se no corpo materno? Conseguem recordar-se de seu espírito antes de entrar na semente, ou de sua alma, ou de sua vida antes que penetrassem na semente? Este rapaz está acima de todos vocês, pois nele, no imo de sua mente, ainda tecem as sombras do começo primordial e o sopro da grande noite ainda não retrocedeu de seu íntimo. Por isso, ele permanece no abismo da eternidade como em solo nativo'.

"E a grande águia lhes disse mais: 'Destroçados ficaram os navios em que vocês vieram; mas serão reconstruídos e hão de voltar'. A mim, entretanto, ele falou – e sua voz era como a voz de um irmão – 'Você vem comigo e permaneça comigo para onde eu for, pois você é como eu. Você é velho e muito jovem e ainda não começou a viver, e assim sou eu, velho e bem jovem, e os tempos dos tempos estão diante de mim. E assim você pode permanecer'. Foi isto que a grande águia me disse. E isto, vocês, crianças, é o que eu lhes ofereço como um presente de núpcias, que possam ser como eu." Com estas palavras do mendigo cego, um rumor de grande regozijo propagou-se pela gruta, mas o coração do noivo e da noiva continuou silente.

No segundo dia das bodas, o casal de nubentes, sentado silenciosamente na fileira dos jubilantes, relembrava, cheio de tristeza, o segundo mendigo, o surdo, que os alimentara quando erravam na grande floresta. Enquanto almejavam por sua presença, viram-no de pé, à sua frente, sem que tivessem notado a sua chegada.

"Aqui estou, pois assim o desejaram", dirigiu-se ele aos dois, "e vim para que possam, por meu intermédio, obter aquilo que um dia eu lhes desejei como bênção – de que viessem a ser como eu. Vocês acharam que eu era surdo. Não sou surdo. Meu ouvido está apenas cerrado ao grande grito de necessidade que se ergue do mundo. Pois, a voz de cada criatura nasceu da necessidade. A mim, porém, o seu clamor não me atinge e meu coração não está tomado pela angústia da criação. E com o pão que como e a água que bebo, vivo uma boa vida, sem carência e sem cobiça. Em relação a isto tenho o testemunho proveniente da boca das pessoas que vivem no reino da fartura. Um grupo delas se reuniu, uma vez, e eles louvaram em alta voz, com palavras elogiosas, a vida gloriosa que levavam em suas casas onde tudo prosperava em abundância. Então eu, que estava presente, disse: 'A vida de vocês é fútil e é um funesto jogo comparada com a minha'. Elas mediram com o olhar meu traje cinzento e minha sacola de mendigo e riram de mim como de um tolo.

"Pois bem, eu lhes repliquei: 'Vamos então verificar agora qual vida é a melhor. Eu conheço um país que certa vez foi um grande e maravilhoso jardim, onde floresciam em exuberância inaudita os mais preciosos frutos da terra, frutos cuja vista, fragrância e desfrute deleitavam e refrescavam todos os sentidos de seus habitantes a tal ponto que lhes parecia que jamais, e em lugar algum, a bem-aventurança de suas vidas poderia ser ultrapassada. Todo o seu domínio estava a cargo de um jardineiro que semeava e plantava com sabedoria e do qual dependia, a cada ano, a beleza e a fertilidade do país. Mas aconteceu uma noite que o jardineiro desapareceu e ninguém soube onde se encontrava. Então, de ano para ano, a bênção foi passando; os viçosos rebentos cresceram em desenfreada abundância, e a vegetação selvagem recobriu a terra e, de colheita em colheita, a safra minguava.

"'No entanto, os habitantes poderiam ter-se alimentado dos ricos brotos, se uma outra desgraça não se abatesse sobre eles. Um cruel rei estrangeiro veio com suas hostes e tomou posse do país. Ele não conseguiu devastar seus jardins, como em seu insaciável ímpeto de extermínio certamente gostaria de tê-lo feito; por isso, decidiu destruir a pureza dos sentidos de seus habitantes e, enquanto se apressava em prosseguir na sua marcha de conquista, deixou para trás os três bandos mais desenfreados e viciosos de seus servos. Desde então viveram eles entre a gente do país, infectando-os com sua depravação e espalhando corrupção, calúnia e fornicação. A partir daí os sentidos das pessoas, antigamente nutridas pela livre inocência do jardim, tornaram-se sombrias, seus olhos somente viam confusão e trevas; suas bocas só sentiam o amargor e suas narinas nada mais captavam senão o fedor da putrefação, de tal modo que lhes enojava o alimento que o jardim lhes oferecia; suas fragrâncias os aturdiam e sua vista os enchia de aversão. Agora, pois, vão para lá, vocês filhos da fartura, e ajudem-lhes com a abundância de sua boa vida.'

"Então o povo se aprontou e me acompanhou até o país do jardim. Quando lá chegaram, porém, o horror da corrupção era tão grande que sua visão perturbou os sentidos dos próprios ricos e o paladar de suas bocas se lhes tornou repugnante. Aí eu lhes falei: 'Agora vocês compreenderam muito bem que toda a sua boa vida não lhes poderá ser de ajuda nisto'. Reuni o povo do jardim, ofereci-lhes o pão e a água que levava em meu odre e os dividi entre todos. E vejam, a bondade da minha vida os conquistou; saborearam em meu pão e em minha água todos os olores agradáveis e sabores prazerosos de todos os alimentos do mundo. Seus sentidos ganharam, de novo, clareza e pureza. Abominaram sua vida pervertida, ergueram-se e enxotaram os servos do rei cruel para fora do país. Logo o jardineiro desaparecido voltou a estar entre eles, e todos viram e sentiram as antigas bênçãos retornarem. Mas o povo do reino da fartura observou como eles foram redimidos por mim e reconheceu o poder e a plenitude de minha boa vida. Agora, para vocês, crianças, o presente de núpcias que lhes dou hoje é o de que vocês possam ser como eu." Quando o mendigo surdo acabou de pronunciar isto, o júbilo tilintante percorreu outra vez a gruta, e o segundo dia das bodas passou em radiante alegria.

Ao romper da terceira manhã, o casal de noivos foi tomado de novo pela ansiedade e em seu íntimo cresceu avassaladoramente a saudade pelo terceiro mendigo, o gago que os alimentara e os abençoara na floresta. Tão logo começaram a falar dele, entre si: "Poderia alguém nos dizer onde se encontra, para chamá-lo e convidá-lo!", ele já estava de pé, diante deles, como se tivesse emergido do coração da terra, e tomando-os entre os braços, falou-lhes em voz clara e audível:

"Uma vez os abençoei desejando-lhes que pudessem ser como eu; hoje desejo que minha bênção baixe sobre vocês e lhes seja revelada. Vocês julgam que minha única maneira de falar é gaguejando, mas não é assim; antes, as vozes do mundo que não trazem a consagração divina, e são apenas destroços indignos do mundo verdadeiro, soam como cacos em minha boca. A mim foi dado um grande poder na fala e a mais nobre canção me foi concedida como mestre dos cantores, e assim não existe criatura que não me ouça, até que o tom de minha voz, através de sua alma, estremeça como o tom do mais puro sino a ecoar na límpida atmosfera. E nesta canção há uma sabedoria que está além de qualquer sabedoria do mundo.

"Isto me foi assegurado pela boca do homem poderoso que é chamado o homem da verdadeira mercê. Pois eu ando pela terra e recolho todas as boas ações e todos os atos da misericórdia e os levo a ele. E destas boas ações e dos atos da mercê o tempo nasce e se renova em eterna corrente. Pois o tempo não é nenhuma coisa firme e nenhum ser, desde sempre; é algo que é criado e o é pelas ações das almas. Eu lhes contarei a saga de todas as sagas que é a mais profunda e mais primal de todas as verdades:

"No derradeiro abismo do espaço ergue-se uma montanha sobre a qual se assenta uma rocha e da rocha brota uma fonte. Porém, saibam que cada coisa no mundo tem um coração, e o próprio mundo também tem um coração. E esta montanha com a rocha e a fonte eleva-se numa margem do espaço onde o derradeiro abismo começa, e o coração do mundo está na outra margem do espaço onde o primeiro abismo final termina. E o coração do mundo está lá, em frente à fonte, e olha em sua direção por sobre a distância do espaço, e ele anseia pela fonte com grande anelo. Mas se, por um momento, exausto, quer descansar e tomar alento em seu penar, vem um grande pássaro e estende suas asas sobre ele, e então ele repousa por um instante à sua sombra. Depois do descanso, levanta-se para ir à fonte. Contudo, tão logo se move ao seu encontro, a montanha desaparece de sua vista. E se perder de todo e absolutamente de vista a fonte, então terá de morrer, pois sua vida depende da fonte. E, junto com o coração, o mundo deverá perecer, pois sua vida e a vida de cada coisa dependem do coração e, somente por causa dele, todas as coisas têm sua existência. Assim que a visão da montanha desaparece, avoluma-se o desejo de contemplar a fonte, o impulso para alcançá-la, e o coração retorna ao seu lugar.

"À fonte, porém, não é dado perdurar, pois está além do tempo e não pode obter de si própria nenhuma vida temporal. E assim ela precisa permanecer eternamente oculta no atemporal e jamais vir a ser revelada ao coração. Mas a fonte recebe do coração uma vida temporal. Pois o coração a presenteia com Um Dia; ele lhe oferece isto como uma dádiva, e assim a fonte perdura. E, quando o dia declina e desemboca no entardecer, eles se dirigem, um ao outro, palavras de despedida e a bênção final. Aí, o coração é tomado de grande medo e quer morrer, pois nada mais tem a dar senão Um Dia, e se abate sobre ele a angústia de que a fonte lhe seja oculta para além dos limites do tempo.

"Mas o homem da verdadeira mercê vela com olhos sapientes sobre o coração e a fonte. E, quando a tarde se expande em noite, ele presenteia o coração com um novo dia e o coração presenteia o dia à fonte. Porém, saibam, o tempo que o homem da mercê concede, ele o tem de minha mão. Porque eu ando pela terra e colho todas as boas ações e todas as obras de misericórdia. Então, pronuncio sobre elas as palavras da grande unificação e elas se tornam uma melodia, e esta eu levo ao homem da verdadeira mercê e, dela, ele cria o tempo. Pois o tempo nasce de melodia, e da melodia, a mercê. E assim da canção brotam os dias e chegam ao coração e do coração à fonte, e assim perdura o mundo e ele consiste na sua angústia. A mim, porém, a palavra eterna e a canção preenchem a alma. E isto eu dou agora a vocês, crianças, como dádiva nupcial, para que vocês possam ser como eu". Silenciosamente, com a fronte curvada, os dois receberam a fala do mendigo. O terceiro dia lhes passou em quietude, mas pleno, em seu imo, da canção abençoada.

No quarto dia, ambos foram de novo invadidos da saudade pelo mendigo de pescoço torcido que outrora mostrara tanta bondade para com eles. E outra vez, convocado por seu desejo, inesperadamente postou-se diante deles e disse: "Vim aqui para renovar a bênção que lhes fiz na floresta, de quando eram crianças. Vocês não acham que tenho o pescoço torcido e não posso fitá-los nos olhos, face a face diretamente? Eu tenho um pescoço reto como o de vocês. Mas desvio meu rosto das vaidades dos homens e não misturarei o sopro de meu hálito com o deles. Meu pescoço e minha garganta, no entanto, são tão bem estruturados que posso emitir pela minha laringe todas as vozes das criaturas que não sejam idiomas, e não existe som tão estranho que eu não possa formar um igual a seu modo.

"Isto me foi confirmado pelo povo no país da música. Há uma terra onde as melodias soam através das ruas de mil maneiras e, ainda assim, irmanadas, e lá até o balbuciar das crianças é canção. Uma vez os mestres daquela nação contaram uns aos outros histórias das vozes que os habitavam e desejavam sair deles para a vida. Então eu, que estava com eles, os chamei e disse: 'Minha voz, porém, contém todos os sons que jamais os alcançam. Pois, desde o começo primordial, todos os seres aos quais não foi concedida a palavra almejam pela minha chegada que, em som, há de erguer o que permanece mudo em seus corações. Se quiserem medir-se comigo, venham! Há dois reinos humanos que ficam mil milhas distantes um do outro. Quando vem a noite, os homens desses reinos não conciliam o sono, mas perambulam de um lado para o outro, apertando as têmporas com mãos cansadas e lamentam-se em amargos queixumes. Cada criatura suspira e até das pedras alça-se um transido gemido de dor. Venham agora, oh mestres, ajudar aqueles reinos a dominar o lamento das vozes!'

"Então eles quiseram que eu os conduzisse a um dos reinos e eu os levei para lá. Anoitecia quando chegamos à fronteira desse reino. Tão logo atingimos a divisa, suas vozes uniram-se ao grande coro de lamentos que ascendia da terra. Então eu lhes disse: 'Vocês vêem agora como seu poder sucumbe e é arrastado, em completo desamparo, por um outro maior. Quero lhes contar como tal coisa se dá. Existem dois pássaros, um machinho e uma femeazinha, que são o único par de sua espécie. Certo dia aconteceu que eles se separaram um do outro e não conseguiram mais se reencontrar. Aí ficaram angustiados e, enquanto imaginavam estar se aproximando um do outro, em sua busca, voavam sempre para mais longe, e esvoaçavam e chamavam, até que, por fim, caíram exaustos e não perderam a esperança de se reencontrar. Cada um deles pousou no ramo da árvore mais próxima. Aconteceu que um estava em um, e o outro em outro, dos dois reinos e, mil milhas estendiam-se entre eles. Lá, agora eles lamentam o lamento de sua saudade, cada um de seu lugar, na distância. De dia todos os pássaros das florestas em derredor vêm a cada um dos dois, confortam-no com mil gorjeios e arrulhos, e o encorajam com a esperança de que tornará a encontrar seu par; assim o coração de cada um permanece em silêncio durante o dia, embora estremeça e esteja repleto de tristeza. Porém, quando chega o anoitecer e os bandos revoam e os ruídos se aquietam, então, cada qual sente de novo como está sozinho no mundo e enceta seu lamento. O gemido ressoa e reverbera na distância e ninguém que o ouça consegue suportá-lo; compele todos a unir-se-lhe e inunda a terra como uma poderosa torrente. Quando o lamento assim se espraia pela terra, a dor íntima de todos os seres encontra-se no clamor, pois o sofrimento secreto de cada um penetrou nele. Assim, os dois reinos vivem, noite após noite, em lamentação'.

"Os mestres então me disseram: 'Vamos então, e você, você pode ajudá-los?' 'Eu com certeza posso fazê-lo', repliquei-lhes. 'Pois, como todas as vozes de todos os seres vivem dentro de mim e cada voz me confiou seu penar, estou ciente do sofrer de todas as coisas.' Conduzi os mestres de volta a fim de libertá-los do lamento e retornei com eles ao seu país, que se estende entre os dois reinos. Uma vez que estou apto não só a produzir as vozes de todas as coisas, como posso também fazê-las ressoar no lugar que escolho, criei em minha garganta a voz do machinho e a emiti para a femeazinha, e eu criei a voz da femeazinha e a emiti para o machinho. Assim os dois pássaros ouviram um ao outro em minha voz; estremeceram e ficaram silentes sobre seus galhos e por um momento não puderam se mover. Depois, porém, voaram em direção ao chamado e encontraram-se um ao outro no lugar onde eu estava sentado com os mestres. Assim seu lamento foi silenciado. Mas, a vocês, crianças, o presente de núpcias que lhes dou hoje é que vocês podem ser como eu". Então a grande compaixão e a força de ajuda penetrou no coração de ambos.

No quinto dia, a memória do quinto mendigo, o corcunda, perturbou sua alegria, e eles ansiaram por ele para que pudesse partilhar de sua festa. E eis que ele está postado diante deles, segura-lhes as mãos e diz: "Aqui estou eu, vim ao seu casamento para transformar minha antiga bênção em presente. Desejei-lhes em sua infância que pudessem ser como eu. Vocês pensam que sou corcunda; o que é uma ilusão e vem do fato de eu carregar os fardos do mundo sobre minhas costas. Porém, minhas costas são retas e fortes e possuem o dom do pequeno que conquista o grande. Pois carrego sobre meu dorso todos os fardos do mundo: angústia, miséria e fastio – eu os ponho todos sobre meus ombros e os carrego. Uma vez os sábios se reuniram e puseram-se a discutir sobre quem, na verdade, possui o dom do pequeno que conquista o grande. Um falou: 'Meu cérebro é o pequeno que conquista o grande, pois nele carrego as necessidades de milhares e milhares de homens que dependem de mim, e do meu cérebro eu os alimento e dou a cada um a sua porção'. Então riram dele e sacudiram as cabeças. E um outro falou: 'Minha palavra é o pequeno que conquista o grande. Pois fui designado pelo meu rei para receber todas os louvores, todos os pedidos, todos os agradecimentos e apresentá-los diante dele, por meio de minha palavra. E minha palavra desperta a todos e lhes fala'. Aí voltaram a sacudir as cabeças e um terceiro declarou: 'Meu silêncio é o pequeno que conquista o grande. Pois em todos os lugares erguem-se contra mim adversários que disputam comigo e me assaltam com seus discursos para me desonrar. Eu me calo diante deles e esta é a minha resposta a tudo'. Então, de novo sacudiram as cabeças, e um quarto falou: 'Minha visão é o pequeno que conquista o grande. Pois apreendo com meus olhos a ciranda do mundo. Vendo, conduzo o grande cego, o mundo – um pequeno homem a conduzir o monstro. Inteiramente sujeito a ele, no entanto, eu o conduzo com meus olhos que apreendem sua ciranda'. Então permaneceram em silêncio e olharam para aquele que falara.

"Mas eu lhes disse: 'Este aqui é o maior de vocês, porém eu o supero, e eu tenho o dom do pequeno que conquista o grande. Pois carrego sobre minhas costas todos os fardos do mundo. Vou revelar-lhes algo. Vocês bem sabem que cada animal conhece uma sombra na qual só ele pode descansar e cada pássaro conhece um ramo em que só ele pode repousar. Mas sabem vocês também que existe uma árvore cuja sombra todos os bichos dos campos, e cujos galhos todos os pássaros dos céus escolheram para lugar de repouso?' Então responderam: 'Nós, de fato, sabemos disso de nossos antepassados e sabemos que, de toda a felicidade da vida, nada se compara à grande ventura de permanecer junto a esta árvore, pois todos os seres ali estão irmanados e brincam um com o outro. Mas não temos nenhuma informação de como podemos chegar até a árvore, pois uns dizem que precisamos ir pelo leste, e outros acham que devemos tomar o caminho do oeste, e nós não logramos descobrir por onde ir'.

"Então eu lhes disse: 'Por que estão investigando qual o caminho por onde podem alcançar a árvore? Investiguem, antes de mais nada, quem e como e de que espécie de homem são aqueles que conseguem chegar à árvore. Pois ela não está destinada a um qualquer; a ninguém mais, exceto àquele que possui o dom da árvore. A árvore, porém, conta com três raízes das quais provêm seu dom; uma raiz chama-se fé, a outra fidelidade, e a terceira é denominada humildade, e verdade é seu tronco; e somente aquele que tem todas elas pode alcançar a árvore'. Então, aceitaram minhas palavras e, porque nem todos possuíam estes dons, decidiram esperar até que todos fossem dignos dela. Aqueles que careciam da perfeição colocaram o seu empenho e lutaram para adquiri-la. Todavia, no momento em que, por fim, os dons foram dados a todos em igual medida, perceberam também todos eles, de repente, a estrada iluminada. Aprontaram-se e puseram-se a caminho e eu os acompanhei.

"Andamos por um longo tempo, até que vislumbramos de longe a árvore. Observaram-na e lá estava a árvore em lugar nenhum; lá estava ela e, no entanto não tinha lugar algum, e não havia espaço ao seu redor, e estava separada de todo espaço. E eles se desesperaram da possibilidade de alcançá-la. Mas eu lhes disse: 'Eu posso levá-los até a árvore. Pois ela está além do espaço; e por eu carregar todos os fardos do mundo à maneira do menor que subjuga o maior, eu superei dentro de mim o espaço e destruí seus vestígios em minha alma; e aqui onde estou, seu domínio está no fim, e há apenas Um Passo de lá até onde o espaço não é. Assim, levarei vocês, agora, até a árvore'. E fiz isso. Mas a vocês, crianças, seja dado o meu poder de carregar, e isso eu lhes dou de presente hoje, como dádiva nupcial, para que vocês possam ser como eu".

Assim cresceu, dia-a-dia, a abundância das dádivas miraculosas e a alegria. Mas, no sexto dia, estavam ambos, de novo, imersos em nostalgia e relembraram o mendigo com as mãos aleijadas, e com fervor almejaram a sua presença. E, outra vez, também ele se postou diante deles, saudou-os e disse: "Que minha antiga bênção se torne agora verdade para vocês. Vocês podem supor que minhas mãos estão incapacitadas e que não posso movê-las. Mas, na realidade, só não posso utilizá-las para qualquer trabalho que não libere os agrilhoados e solte os cativos. Minhas mãos são fortes e laboram nas profundezas e nas distâncias. Certa vez, os fortes se reuniram e cada um deles celebrou a força de suas mãos. Um disse: 'Eu posso agarrar a flecha em seu vôo e devolvê-la à origem, a seu ponto de partida, e à flecha que encontrou o seu alvo, sou capaz de detê-la de modo que sua ação se anule'. Então lhe perguntei:

'Sobre que setas tal poder lhe foi dado? Pois há uma dezena de espécies de setas, embebidas em dez diferentes espécies de veneno'. Ele respondeu que tal e tal espécie de flecha estavam sujeitas à sua força. Aí eu lhe disse: 'Então você não curará a filha do rei, pois não arrancará as dez setas de seu coração'.

"Então falou um outro: 'Sou capaz de abrir os calabouços com minhas mãos, e seus portões escancaram-se quando meus dedos os tocam'. 'Qual calabouço você destranca?', perguntei-lhe a seguir. 'Pois existem dez tipos de calabouços, e os gonzos de seus portões são de dez diferentes formatos'. Respondeu-me que de tal e tal formato não lhe resistiria. 'Então você não há de curar a filha do rei', disse-lhe, 'pois não poderá entrar livremente por sobre as dez muralhas de água que rodeiam o seu castelo. Visto que só aquele que cria a liberdade total move-se livremente'. Um terceiro disse: 'Eu posso distribuir sabedoria com minhas mãos, e confiro saber a todo aquele sobre quem eu puser minhas mãos'. Perguntei-lhe, então: 'Qual sabedoria é a que você reparte? Pois existem dez espécies de sabedoria, e cada uma oferece apenas um pedaço do ser verdadeiro'. Ele respondeu que possuía em plenitude tal e tal espécie de sabedoria. 'Então você não curará a filha do rei', disse eu. 'Pois você não pode reconhecer as suas dez aflições. Uma vez que somente aquele que distribui a sabedoria toda reconhece o oculto.' Um quarto vangloriou-se: 'Eu posso agarrar com minhas mãos a arremetida do vento da tempestade e direcioná-lo'. Então lhe perguntei: 'Qual vento de tempestade você comanda? Pois existem dez ventos tempestuosos e cada um canta a sua canção e ele a ensina a você, se você é seu mestre'. Ele poderia compelir tal e tal vento de tempestade, respondeu. 'Então você não curará a filha do rei', eu lhe disse. 'Pois você não pode cantar diante dela as dez canções que são sua cura. E as canções são do poder das tempestades.'

"Eles, porém, me perguntaram: 'E o que pode você, que é aquele que nos julga?' 'Eu posso fazer tudo o que vocês podem', falei, 'e posso fazer tudo o que vocês não podem. Abrir os calabouços da terra, tanto estes, quanto aqueles, e posso andar livremente sobre as ondas. Tenho poder sobre tudo o que é disparado e voa, e de todos os ferimentos eu arranco fora as setas envenenadas e anulo seus efeitos. Tenho distribuído todos os tesouros da sabedoria de minha abundância, e me foi dada a força de sondar tudo o que é secreto. Tenho atrelado os ventos da tempestade a meu carro, e em seu zunir aprendi suas melodias. E posso curar a filha do rei.

"'Mas saibam, uma vez um príncipe desejou a filha do rei; empregou artimanhas para capturá-la e conseguiu tê-la em suas mãos. Pouco tempo depois, porém, o príncipe sonhou que ela estava de pé, sobre seu leito, com as mãos em volta de sua garganta e o estrangulava. Então acordou, mas o sonho penetrara em seu coração. Convocou os intérpretes e eles lhe explicaram que isto aconteceria, de acordo com o ocorrido no sonho, devendo ele ser morto pela filha do rei. Então a alma do príncipe não soube o que fazer; pois lhe dava pena matar a filha do rei, visto ser ela tão bela, e lhe dava pena bani-la, pois não podia suportar a idéia de que pertencesse a outro, e lhe dava pena deixá-la ao seu lado, pois era afeiçoado à vida e não queria perdê-la antes de sentir-se cansado dela.

"'Neste meio tempo, o medo começou a permear o brilho com que olhava para a filha do rei e as palavras que lhe dirigia. Ao ver que andava tão sombrio e dubitativo, o amor que ela acumulara por ele foi, pouco a pouco, destruído. Por fim, não podia mais agüentar seu olhar e fugiu dali. Fugindo, chegou ao castelo d'água que ficava atrás das dez muralhas de ondas, erguido, sobre a altamar. Tudo isto, castelo, muralhas e o lugar onde ela se achava, tudo era de água, e ninguém podia pisar o limiar do castelo, pois submergia nos vagalhões. Quando a filha do rei parou ante as muralhas, ela olhou à sua volta e viu que o príncipe a perseguia com sua gente e em lugar algum existia um caminho para escapar dele. Assim ela ficou parada, voltou de novo a face para a água e fechou os olhos. Ouviu atrás de si o tropel de milhares de cascos, à sua frente o fragor das grandes águas, e qualquer tipo de existência ou qualquer tipo de morte pareceu-lhe preferível a retornar à miséria. Então, colocou os braços em volta do pescoço, jogou a cabeça para trás, e correu para dentro das águas. Mas, a corrente a carregou, as muralhas estavam abertas, e ela foi levada através dos dez portões, para dentro do castelo.

"'O rei, no entanto, que a vira mergulhar dentro d'água, foi tomado de fúria e ordenou a seus arqueiros que atirassem nela. Os arqueiros retesaram seus arcos, as setas zuniram sem alcançá-la, todavia; quando ela parou à entrada do castelo, volveu-se com os olhos abertos e olhou para o príncipe. Então, vieram as últimas dez setas que lhe perfuraram o coração, e ela caiu junto ao limiar; as ondas, porém, carregaram-na para dentro do castelo e acolheram-na em seu leito. O príncipe e sua gente foram atrás dela e então submergiram nas águas. Mas, agora, devo ir até lá e curar a filha do rei; pois o tempo se esgotou e ouço a ordem de prosseguir'. Fui para aquele lugar e curei a filha do rei. Porém para vocês, crianças, eu os presenteio hoje como um dom nupcial a força de minhas mãos e assim o faço para que possam ser como eu". Aí a alegria se elevou de novo e eles celebraram sua festa em grande júbilo.

"O final desta história, isto é, a do sétimo mendigo, e sua conclusão não tivemos a honra de ouvir. E Ele falou, e disse, que não iria contá-la no seu prosseguimento. Isto é uma grande perda. Pois não teremos o privilégio de ouvi-la até a vinda do Messias. Possa isto acontecer em breve, em nossos dias. Amém."

UM TZADIK VAI À TERRA SANTA

A VIAGEM DE RABI NAKHMAN À PALESTINA

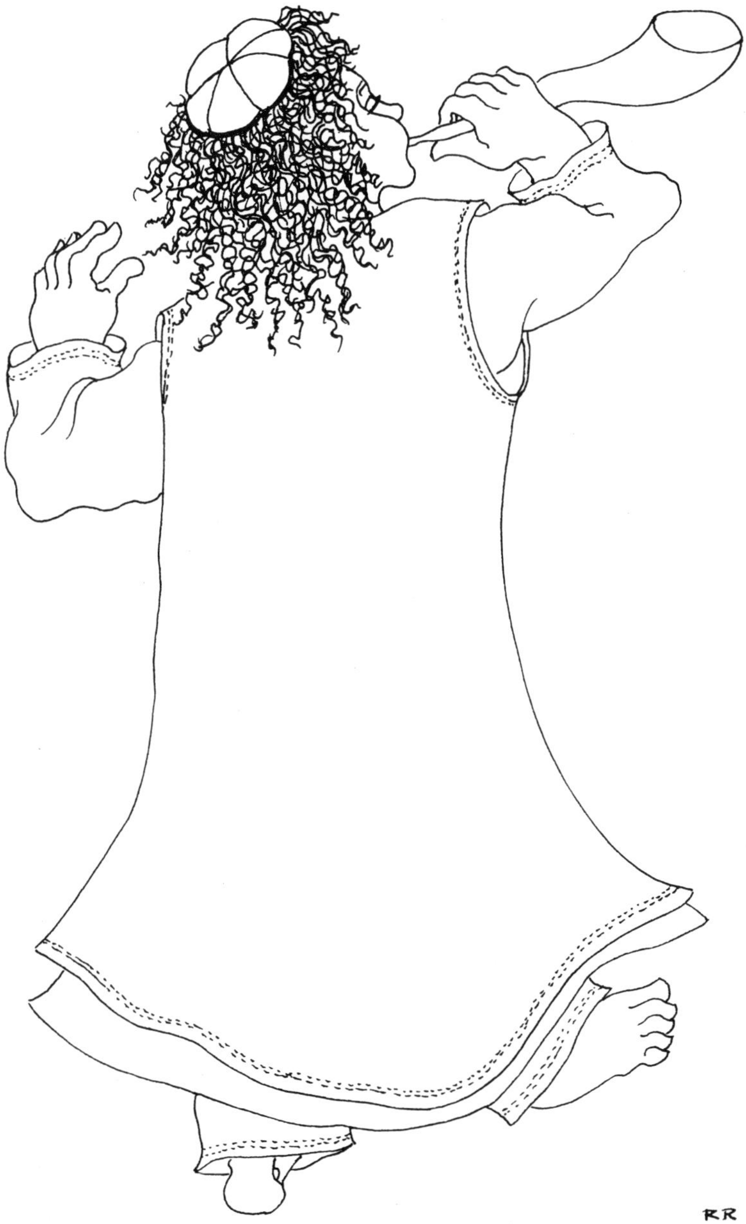

Em Rabi Nakhman de Bratzlav, bisneto do Baal Schem Tov [o fundador do Hassidismo][1], tudo o que as gerações da Diáspora sentiram, sonharam e refletiram sobre a Terra de Israel achava-se reunido e concentrado, com ou sem o seu conhecimento. [Ele deve ser considerado o grande herdeiro, que aplicou sua herança de uma forma magnânima. É característico de sua natureza e de sua missão que tenha se tornado, sem quaisquer ambições literárias de nenhum tipo, simplesmente através do intercâmbio oral com seus discípulos, o criador de um gênero literário, o conto de fadas simbólico; isto, porém, de tal modo que antigos tesouros da tradição mística foram assimilados e levados a brilhar nesta nova forma.] Quando se deseja mostrar as relações do movimento hassídico com a Palestina, mais do que para qualquer outro se deve apontar para a figura do Rabi Nakhman: tudo desembocou nele e tudo encontra expressão exemplar em sua vida e em suas palavras. Ao mesmo tempo, porém, sentimos aqui algo diferente, algo novo, que parece estar ligado de modo estranho às nossas próprias indagações e lutas.

[O movimento hassídico, que nasceu um tanto repentinamente no judaísmo do Leste Europeu em meados do século dezoito, deve ser visto

1. Cf. nota 1, cap. 1.

como o último esforço vigoroso, na história moderna, de rejuvenescimento da religião. Julgá-lo meramente pela degeneração do movimento, que vem durando mais de um século, parece-me falho; pois ele não apenas produziu esplêndida vida religiosa em abundância e sua transfiguração em lenda, como o mundo muito raramente vira medrar em seu seio, como também espalhou sua semente em outros domínios, uma parte das quais já frutificou e a outra, por certo, há de se desenvolver mais tarde. Um dia ver-se-á e compreender-se-á que é impossível, sem relacionar com o Hassidismo, conceber o melhor aspecto do novo ser humano que se formou e está em formação no estabelecimento judaico da Palestina.]

A relação deste movimento com a Terra de Israel não pode ser reduzida a uma fórmula. É possível unicamente fazer-lhe justiça, do ponto de vista de sua vinculação com o messianismo, e isto, por sua vez, somente a partir da reação que se seguiu ao assalto sabataísta aos céus. Aqui, a paixão messiânica ultrapassou todas as margens, julgava-se ver com os próprios olhos e agarrar com as próprias mãos a Consumação da Criação, a renovação de todas as coisas, o casamento do céu e da terra. Em um mundo transformado, a Lei parecia ter sido abolida, e o que nela era considerado pecado não só estava liberado, como santificado. O colapso da aventura sabataísta significou o perigo da destruição interior para o judaísmo cuja alma fora inflamada por seu sopro abrasador. Este perigo veio a ser imediatamente percebido quando Jacob Frank, o sinistro epígono de Sabatai – um dos mais interessantes exemplos da influência que um homem, vivendo em época de auto-ilusão, é capaz de exercer em tempos ávidos desta sugestão – arrastou multidões de judeus poloneses para o seu movimento e para o caos. O Baal Schem levantou-se contra a ameaça de desintegração; ele é o antagonista desta fascinante mentira. Como tais, ambos, ele e seus discípulos tiveram que tentar descontaminar o corpo gravemente enfermo do Messianismo. A febril hipertensão da hora precisava dar lugar ao empenho simultaneamente ponderado e entusiástico em prol da coesão dos tempos, em vez da liberação dos instintos surge a sublimação (o que neste conceito é justificado na psicologia moderna já vem expresso aqui numa forma das mais claras e enfáticas), e a ousada encarnação de fantasias é afugentada pela tranqüila experiência da relação com a Divindade no cotidiano. Com isto modifica-se naturalmente, também, o relacionamento com a Terra de Israel. Sem perder o luminoso poder místico que já se lhe unira desde os tempos talmúdicos e se desdobrara poderosamente na Cabala, o país [da Promissão] é, ainda, revestido pela tessitura de uma pronta magia, cujos fios o envolveram na época do assaltante dos céus [isto é, Jacob Frank]. Esperava-se, é bem verdade, que do contato com a Terra Santa resultasse o preparo da redenção e a lenda do Baal Schem Tov vincula as mais altas esperanças a um encontro que só lá pode consumar-se; mas, ao menos logo no início, o Hassidismo clássico pôs termo a este "empenho em 'acossar' o fim", e os discípulos do fundador e discípulos de seus discípulos, que se estabeleceram sozinhos ou com toda uma comunidade de seguidores na Palestina, estavam obviamente pensando não no milagre único, porém na continuidade das gerações. O mistério permaneceu, mas tomou residência nos rigores da vida e em suas tarefas.

É a partir daí que até a atitude do próprio fundador em relação à Palestina deve ser entendida. De autêntico, não sabemos muito a respeito deste fato, assim como de sua vida em geral; todavia, deduz-se de sua conhecida missiva ao seu cunhado que lá se havia fixado, que tivera em mente por muito tempo viajar para a Terra Santa e não desistira desta esperança até oito anos antes de sua morte. Alusões de seus discípulos davam a entender que ele realmente empreendera a viagem em certa ocasião. Por que desistiu dela, não sabemos. "Ele foi impedido pelos céus", diz a lenda, e o fato de o dizer mostra que aqui se fizera sentir uma pergunta para a qual os narradores procuravam encontrar resposta; dizendo-o, devemos levar em conta que a narração desta lenda tem início já entre os seus discípulos e na própria família do Baal Schem Tov, na terceira geração, que o haviam ainda conhecido pessoalmente, embora seja possível que muito material apócrifo tenha sido acrescentado mais tarde. As várias tentativas da lenda para responder à questão são características. Ainda na juventude, quando morava com sua mulher em uma cabana, nas vertentes dos Cárpatos, extraindo argila e caminhando até a mais próxima cidadezinha para vendê-la, conta-se que um bando de ladrões, cujas brigas tinha o hábito de apaziguar, ofereceu-se para conduzi-lo à Terra de Israel através de grutas e passagens subterrâneas, mas já estando quase a caminho com eles, ao transpor um pântano profundo, a espada revoluteante dos Querubins lhe teria aparecido e ele viu-se obrigado a retornar. Em data bem posterior (pois estaria acompanhado não só por sua filha, mas também, de acordo com outra versão, por seus filhos) nos conta a lenda que ele chegou até Istambul; aí, ou uma aparição em sonho o advertiu e ordenou que voltasse, ou embarcou junto com os seus em um navio. Mas então se desencadeou uma grande tempestade, e neste ponto as histórias voltam a separar-se. Segundo uma, do navio danificado a filha do Baal-Schem é lançada ao mar, Satã aparece-lhe e oferece sua ajuda, mas ele resiste à tentação, decide retornar à casa e imediatamente todo o perigo é vencido. Segundo outra versão, ele aporta numa ilha, com um discípulo, onde são feitos prisioneiros, e ambos são acometidos por um entorpecimento no qual até esquecem as palavras das preces; finalmente o discípulo descobre que ainda sabe o alfabeto, recita-o ao seu mestre que com ele o repete "com grande entusiasmo" e, no mesmo instante, sobrevém a libertação e eles retornam à casa. Coisas análogas têm lugar em outras versões. Em toda parte, na lenda, reina a evidente tendência de prevenir-se contra intenções mágicas no tocante à Palestina: enquanto a hora da redenção não tiver chegado, mesmo as criaturas escolhidas procuram em vão conjurá-la. Trata-se de uma tendência de novo abandonada no Hassidismo tardio, ou melhor, a seu propósito se travaram lutas violentas; a lenda do Baal Schem ainda está inequivocamente determinada por ela.

Haviam se passado aproximadamente quarenta anos desde a morte do Baal Schem Tov, quando seu bisneto, Nakhman, se preparou para viajar à Terra Santa. Contava vinte e seis anos nesta época.

Nisto, não estamos na dependência da lenda: conforme sua própria comunicação, seu discípulo e apóstolo Natan anotou a viagem passo a passo; pisamos aqui no solo de um interesse biográfico todo especial que, na verdade, interpreta alguns dos incidentes de forma lendária, mas não refunde nenhum deles.

Antes de dar a conhecer algo de suas intenções, na verdade, aparentemente, antes de ter amadurecido firmemente em sua decisão, visitou seus pais em Mesbij (Miedziboj), que fora antigamente o domicílio de Baal Schem Tov e onde ele mesmo passara sua própria infância. Lá algo estranho aconteceu. Antigamente, quando criança, costumava correr à noite até o túmulo do bisavô e pedia-lhe para que o ajudasse a chegar perto de Deus. Agora, porém, quando sua mãe lhe perguntou quando pretendia partir, respondeu: "Se meu bisavô quer se encontrar comigo, ele que venha até aqui". Pode-se detectar o temor de que o Baal-Schem Tov pudesse opor-se ao seu propósito pois quando ele próprio quisera viajar à Palestina fora impedido "pelo céu". Mas nessa noite seu bisavô lhe apareceu e, na manhã seguinte, a mãe de Rabi Nakhman percebeu sem que ele precisasse contar-lhe. Mais tarde, relatou-lhe apenas haver depreendido da referida aparição que deveria viajar para a cidade de Kamieniec. De sua estada em Kamieniec, contam que passou a noite sozinho na cidade em que os judeus eram proibidos de viver e, depois disso, o édito foi anulado. Ele próprio declarou mais tarde que quem sabe porque a Terra de Israel esteve primeiro em mãos dos canaanitas e só posteriormente passou às mãos de Israel, ("a casca deve preceder ao fruto", como ele diz em uma de suas pregações didáticas) também sabe porque ele esteve em Kamieniec antes de viajar à Terra de Israel. Constituiu-se, portanto, um ato simbólico o fato de ter passado a noite na cidade sem judeus antes de dirigir-se à Terra Prometida de Israel, e foi precisamente este ato que, entendeu ele, o Baal Schem lhe teria ordenado fazer. Antes de ir a Miedziboj, o próprio Rabi Nakhman afirmara não saber para onde se dirigia. Assim, enviando-o a Kamieniec, o seu bisavô indicara-lhe o caminho a seguir.

Quando regressou à casa, deu uma explicação sobre o versículo dos Salmos 63:9: "Minh'alma está entregue a Ti, Tua destra me sustenta". A pregação não chegou até nós, mas podemos adivinhar seu sentido básico: Aquele com quem sua alma de menino estivera unida – sabemos do empenho tempestuoso do garoto em sua busca de Deus – agora estendera Sua mão para sustentá-lo. Simultaneamente, porém, morre uma filhinha sua e também isto ele liga a este novo curso iniciado; o que é igualmente parte estrita do contexto dos procedimentos é, ao mesmo tempo, inteiramente fáticos e inteiramente simbólicos.

Às vésperas da Festa de *Pessakh*, saindo do banho de imersão ritual, disse a seu acompanhante: "Neste ano, com certeza, estarei na Terra Santa". A prédica na festa baseou-se no versículo dos Salmos 72:20: "Pelo mar é o teu caminho, e tuas sendas são pelas grandes águas, e teu rastro não é conhecido". Agora, todos compreenderam o que ele tinha em mente.

Em vão sua mulher tentou persuadi-lo a desistir do plano. Quem iria alimentar sua família enquanto estivesse longe? Os parentes deviam cuidar deles, respondeu, ou ela devia ir trabalhar para estranhos. Não considerou as lágrimas à sua volta: não importava o que sobreviesse, precisava viajar, sua parte maior já estava lá e a minoria precisava seguir a maioria. Sabia que um sem-número de obstáculos se lhe apresentariam no caminho, mas, enquanto tivesse dentro de si um alento vivo, arriscaria a alma e iria. A cada passo da viagem, contou ele mais tarde, "arrisquei a minha alma".

Nos ensinamentos do Rabi Nakhman, tal como chegaram até nós a partir dos anos posteriores, deparamos sempre de novo com os "Obstáculos" em conexão com a Palestina. Este óbice, como ali é ensinado, tem grande significado. Foram semeados no caminho do homem cujo anseio e destino o impeliam para a Terra Santa, a fim de que ele os superasse. Pois, por intermédio deles, a sua vontade é estimulada e exaltada e, só então, ele se torna digno de receber a santidade da Terra. Quem pretende ser um judeu autêntico, isto é, subir de degrau em degrau, deve "esmagar" os obstáculos. Para vencer a luta, porém, é necessário "sacra ousadia", justamente aquela em que Deus se alegra, pois Ele louva Israel devido à ousadia sagrada e à obstinação do israelita por causa de quem a *Torá* foi dada. Este combate é em essência um combate interior e espiritual; pois as forças do mal acumulam os óbices a fim de confundir a compreensão e, basicamente, a própria alma é o lugar dos obstáculos. Quanto maior o homem, todavia, tanto maiores são os obstáculos à sua frente, porquanto tanto mais intenso é o esforço exigido dele a fim de elevá-lo a um nível mais alto.

Depois que Nakhman anunciou sua decisão, ele parece ter sido assaltado por indagações sobre quais seriam os fundamentos desta. Muitas respostas chegaram até nós, como, por exemplo, a de que ele estava preocupado em amalgamar os mandamentos que somente podiam ser cumpridos na Palestina com os outros e de cumpri-los, em primeiro lugar aqui, em pensamento, e depois lá, em ação; ou também que, após haver adquirido a "sabedoria inferior" aqui, ele queria alcançar a "sabedoria superior", que só podia ser atingida lá. Mas o motivo decisivo é obviamente obter o contato com uma santidade cuja única morada fica naquele lugar, na Palestina, um contato pelo qual alguém se torna apto e autorizado, primeiro lá e depois aqui, a praticar trabalhos misteriosos e a alcançar o ápice de sua própria vocação. Não se deve, assim explicava ele a seus discípulos, mais tarde, muito tempo depois de ter regressado à sua casa, quando se pensa na grandeza da Terra Santa, imaginar uma essência espiritual, mas algo com o que é possível estabelecer também contato aqui: "refiro-me", dizia, "muito simplesmente, a esta Terra de Israel com estas casas e moradias". Há aqui, em Nakhman, uma concretude enfática de sentimento, como mal encontraremos antes dele. Santa é precisamente a Palestina como um todo concreto. Esta santidade não pode, entretanto, ser percebida de fora. Anos mais tarde, Rabi Nakhman contou o que ele ouviu lá, de homens famosos, que haviam imigrado há pouco tempo, apenas. Eles lhe contaram que antes de efetivamente lá chegarem, nem sequer sabiam, na verdade, se a Terra de Israel existia no mundo. De tudo o que os livros escreviam sobre a santidade dela, haviam imaginado que era "um mundo completamente diferente". Mas, quando lá chegaram, viram que a Terra realmente se encontrava neste mundo e, em sua aparência externa, não diferia em essência de outras terras, de onde eles procediam: sua poeira era como a poeira em todo o mundo. E ainda assim esta terra é de cima a baixo santa. Ou seja, como sucede com o verdadeiro *tzadik*, cuja aparência é igualmente como a de todos os outros homens. Na verdade, no entanto, a terra está separada das outras terras em todos os pontos, e até o céu, acima dela, é diferente dos outros céus. É como ocorre com o verdadeiro *tzadik*: somente o homem que crê na santidade a reconhece e a recebe.

Quando todos os outros argumentos utilizados para persuadir Nakhman a abandonar sua decisão falharam, apontaram-lhe o fato de que ele não dispunha de nenhum dinheiro para empreender a viagem. "Quero partir imediatamente", ele replicou, "quaisquer que sejam as condições, mesmo sem dinheiro. Quem se apiedar de mim me dará alguma coisa". Ao constatarem que não poderiam impedi-lo, seus parentes reuniram a soma necessária e, na semana após a comemoração do *Pessakh*, Nakhman partiu com um acompanhante. No caminho, ao pernoitar num determinado lugar para o *Schabat*, apareceu-lhe em sonho o Rabi Mendel de Vitebsk, que viajara à Palestina com trezentos fiéis seguidores, há vinte anos atrás e lá morrera há dez anos, no começo deste mesmo mês. Este, quando ainda menino, havia visitado o Baal Schem, cuja luta contra a febre messiânica ele prosseguira, tanto antes quanto depois de sua viagem à Terra Santa; daí provêm os relatos a seu respeito e as suas próprias declarações nesse sentido. Conta-se que durante o tempo em que estivera em Jerusalém um louco, sem ser percebido, havia escalado o Monte das Oliveiras e soprado o *schofar*, que é o sinal para o romper da redenção; o povo acorreu aos bandos, porém, quando Rabi Mendel soube disso, ele abriu a janela, contemplou lá fora a atmosfera do mundo e disse: "Aqui não aconteceu nada de novo". Com igual sobriedade sagrada seu companheiro, Rabi Abraão de Kaliski, informou àqueles que permaneceram em casa e que lhe perguntaram sobre as numerosas "mudanças, transformações, ocorrências e ordens do tempo", pelas quais cada indivíduo neste solo deve passar: "até que ele seja parte efetiva dele e tome gosto por suas pedras e sinta benquerença por seu pó e ame as ruínas da Terra de Israel [...] até que tenham decorrido os dias da acolhida, isto é, seu acolhimento naquela vida [...] Todo aquele que chega ao Santuário deve nascer de novo no ventre materno, ser outra vez amamentado, voltar a ser uma criancinha e, assim por diante, até que olhe diretamente na face da terra e sua alma se una a alma dela". O próprio Rabi Mendel escreve àqueles que permaneceram em casa: "Meus queridos, meus amigos e companheiros, saibam sinceramente que para mim é perfeitamente claro que todos os sofrimentos pelos quais passamos nestes três anos são os sofrimentos da Terra de Israel", quer dizer, fazem parte dos sofrimentos que, de acordo com a tradição talmúdica, são necessários para merecer a terra; são, portanto, precisamente do mesmo tipo de "obstáculos" que Rabi Nakhman interpreta. Tal é o homem que lhe apareceu na primeira noite de sua peregrinação. Ele lhe revelou que numa viagem marítima o nome divino "Tu" deve ser invocado: Ele domará as vagas, como está escrito nos Salmos (88:10): "*Tu* subjugarás a soberba do mar, quando as suas vagas se encapelam, *Tu* és aquele que as amansa".

Ele passou o dia da Festa da Revelação, em Kerson, a caminho de Odessa. Uma prédica aí pronunciada liga-se visivelmente à comunicação que recebeu no sonho; resulta do versículo dos Salmos (107: 29): "Ele transformou a procela em leve brisa, e as ondas do mar silenciaram". Na véspera da Festa, depois da usual vigília, foi para o banho de imersão com um acompanhante. No trajeto, perguntou-lhe o tempo todo se não ouvira o som, coisa que o homem negava, por fim Nakhman disse: "Parece que isto vem de uma banda de música". Mas o homem entendeu: o Rabi escutou o trovão do Sinai.

A rota pelo mar, via Odessa, tinha até então sido evitada pelos judeus por ser perigosa. Ele a empreendeu e, daí por diante, ela pareceu segura a todos. Isto acontecia em sua vida assim, com freqüência, como nos é contado ele arranca, desta forma, os dentes venenosos das coisas, das quais é o primeiro a ousar resistir.

Assim que o navio atingiu o alto-mar, irrompeu uma tempestade e a água alagou o convés. Nesta grande tormenta, Nakhman divisou um jovem que morrera recentemente nos arredores de sua casa vindo em sua direção e o ouviu rogando-lhe que trouxesse redenção à sua alma. Esta foi a primeira das muitas almas que assim lhe apareceram.

Em Istambul aumentaram as dificuldades e privações. Nakhman proibiu que seu companheiro dissesse quem ele era. Assim, não só sofreu nas mãos dos funcionários turcos – era a época da expedição napoleônica ao Egito, e o medo de espiões era enorme – mas também chegou a ser suspeito e insultado pelos judeus; mesmo assim, conservou o disfarce; não só suportou o maltrato, como até o provocou deliberadamente e conseguiu aumentá-lo. Se, disse aos discípulos tempos mais tarde, não houvesse passado por toda essa humilhação, teria ficado em Istambul; em outras palavras, teria que morrer lá. "Antes de se alcançar a grandeza", dizia, "a pessoa deve primeiro afundar na pequenez. Mas a Terra de Israel é a maior das grandezas e é por isso que se deve descer a mínima pequenez antes de ascender o cimo. Foi por isso que o Baal Schem Tov não pôde chegar até lá, pois não podia baixar a semelhante pequenez". Ele, porém, Nakhman, apequenou-se a si mesmo. Perambulava por Istambul com pés descalços, com um casaco de forro de pano, frouxo, sem cinto, sem o chapéu sobre o solidéu, e cometia todo tipo de tolice; assim.

Organizou com várias outras pessoas jogos de guerra, nos quais um lado representava os franceses e, o outro, aqueles que eram por eles atacados. Este se apequenar e agir como tolo, faz lembrar as lendas budistas, sufitas e franciscanas, e o procedimento arraigou-se nele tão fortemente que mais tarde, mesmo na Palestina, encontrou dificuldade em libertar-se do hábito.

Em Istambul a peste irrompeu. Por isso, durante muito tempo não pôde prosseguir viagem. Temerosa do perigo francês que se aproximava, a comunidade judaica proibiu a todos os judeus nativos e estrangeiros de deixar a cidade pelo mar. Nakhman opôs-se à proibição e induziu muitos outros a acompanhá-lo na viagem. No caminho, uma grande tempestade novamente se abateu sobre o navio, que se viu ameaçado. Todos choravam e rogavam; ele, porém, permanecia sentado e calado. As pessoas o inquiriam e o pressionavam em vão; no início, não deu resposta, a seguir os repreendeu: "Calem-se vocês também! Assim que se aquietarem, o mar também se acalmará!" E assim sucedeu. Depois de outros problemas – a água potável acabou – o navio chegou às águas de Iafo. Rabi Nakhman pretendia seguir dali para Jerusalém, pois a Cidade Santa era a meta de seu desejo – explicou taxativamente que não queria ir nem à Sfat nem a Tiberíades, onde os grupos hassídicos haviam se instalado –, mas as autoridades portuárias suspeitaram dele, por causa de sua estranha aparência, por parecer um espião francês, e proibiram-no de descer à terra. Isto se deu dois dias antes das festas do Ano Novo. O capitão pretendia ficar alguns dias em Iafo, mas, devido ao mar agitado, o barco não pôde ancorar. Respondendo às perguntas, os sábios da comunidade judaica sefaradita contaram ao surpreso capitão que, de acordo com a tradição oral, o Profeta Jonas foi certa vez lançado ao mar, precisamente nesse lugar; e eles achavam ser esta a razão pela qual, algumas vezes, um navio não conseguia lançar âncoras ali. Prosseguiram então até Haifa e ancoraram, na tarde seguinte, ao pé do Carmel, de fronte à gruta do Profeta Elias. De manhã as preces foram ditas ainda a bordo; a seguir os judeus desceram à terra, Rabi Nakhman entre eles.

Tempos depois ele contou aos seus discípulos que, tão logo penetrara quatro varas no país, já levara a efeito tudo a que aspirara. Neste relato a crença no poder do *contato* com a santidade da Terra torna-se particularmente nítida. O que ele tinha em mente é explicado por outra declaração sua a respeito do quanto havia alcançado lá, declaração feita por ele logo após o seu regresso da Palestina, e que deve ser comparada àquela sobre a fusão dos mandamentos reservados tão-somente à Terra Santa e às outras. Havia, disse ele, agora preenchido toda a *Torá*, em todos os aspectos, "pois me foi dado cumpri-la por inteiro, e mesmo que fosse vendido aos ismaelitas em países distantes, onde não há judeus e fosse obrigado a pastorear o gado e, mesmo que não soubesse mais quando é *Schabat* e os dias festivos e não mais contasse com o manto de preces ou os filactérios e não pudesse cumprir qualquer mandamento, ainda assim estaria apto a cumprir a *Torá* no seu todo".

À tarde – era a véspera do Ano Novo – foram ao banho de imersão e depois à casa de orações onde permaneceram até o anoitecer. "Bendito sejas tu", Nakhman disse ao acompanhante em seu regresso à estalagem, "que foste julgado digno de estar comigo aqui". Pediu então que fossem lidos os nomes de todos os *hassidim* que se haviam reunido à ele na casa, e que lhe fossem dadas tiras de papel com seus nomes e os de suas mães lá escritos, de modo que se lembrasse deles na Terra Santa e, em meio a sua grande alegria, pensasse em cada um deles.

Na manhã seguinte, porém, seu sentimento havia se modificado. Uma inominável preocupação despertou em seu íntimo, seu coração estava opresso e não falava com ninguém. Logo após a festividade pensou na viagem de retorno. Não mais queria ir à Jerusalém, desejava apenas voltar à Polônia. De Sfat e Tiberíades chegavam convites dos *tzadikim*, que haviam ouvido falar de sua chegada, convidando-o a passar as festividades dos Tabernáculos em sua companhia, porém ignorou a todos e permaneceu em Haifa, tanto para o Dia da Reconciliação quanto para a Festa dos Tabernáculos.

E então algo sucedeu, o que na verdade não é muito notável em si, mas se tornou notável pelo modo como foi visto, primeiramente por Nakhman, ao contá-lo e, depois, por seus discípulos, aos quais relatou o fato. Dia após dia, um jovem árabe vinha à estalagem quando o Rabi estava à mesa para sua refeição do meio-dia e do anoitecer; o rapaz sentava-se e conversava com ele, gentil mas, insistentemente, batendo-lhe nas costas de tempos em tempos e mostrando-lhe sua boa vontade, de todas as maneiras possíveis. Nakhman naturalmente não entendia uma única palavra do que ele falava, e as demonstrações de afeto o deixavam bastante constrangido, mas não expressava nenhuma impaciência e ficava ali sentado como se estivesse ouvindo. Um dia, porém, o árabe tornou a voltar, armado e irado, e pôs-se a gritar com o Rabi que, naturalmente, outra vez, não entendeu uma só palavra. Só depois que o árabe, por fim, foi embora veio a saber que fora desafiado para uma luta. Esconderam Nakhman na casa de outro *tzadik*. O árabe retornou de novo e ficou fora de si ao ser informado que o homem pelo qual procurava lhe havia escapado. "Deus sabe", declarou o árabe solenemente, "que eu o amo muito. Quero lhe dar um asno e meu próprio cavalo, para que ele possa ir a Tiberíades com uma caravana". Então Nakhman voltou à estalagem. O jovem árabe tornou a aparecer, mas dessa feita não mais lhe disse uma só palavra, apenas ficou a sorrir, vez por outra, para o Rabi. Aparentemente tinha cumprido sua promessa. Fica claro que – assim é que podemos explicar os fatos narrados – ele só estava interessado em alugar os animais e, como o Rabi parecia compreendê-lo, sentiu-se, com isso, ofendido por ele não aceitar sua oferta, tão freqüentemente reiterada; por fim, esclarecida a situação, quando olhava para Nakhman não conseguia conter o riso. Numa declaração que chegou até nós, o Rabi confessou que lhe causara mais sofrimento o amor demonstrado pelo árabe do que a sua cólera. Mas, para além do episódio, parecia fazer algumas alusões aos misteriosos perigos que se ocultavam por trás desses acontecimentos, e os discípulos julgaram então que o árabe teria sido o Satã, em pessoa. Com isto conquistamos uma percepção especial da forma simbolicamente legendária pela qual Nakhman vivenciou sua vida e de como seus discípulos aprendiam, por meio de seus relatos, desenvolvidos em histórias, que chegaram até nós. O árabe, alugador de asnos, torna-se a corporificação satânica dos "obstáculos". Isto é dado como explicação para a melancolia que o Rabi sentira antes do conflito.

Nesse ínterim, Nakhman se deixou convencer a realizar a jornada para Tiberíades, onde, em seguida, adoeceu – uma vez mais um evento de significado simbólico. Depois, ficamos sabendo de um delator cujos desígnios ele frustrou. Visitas a algumas grutas de homens santos são relatadas com ligeiros traços de lenda. Assim, teria visitado a gruta com a tumba de uma criança santificada, que havia, até então, sido evitada por causa de uma víbora supostamente lá aninhada; quando ali chegou, não havia víbora alguma e, daí por diante, todo mundo pôde visitar a gruta. Neste caso, também, Nakhman aparece como precursor, o pioneiro.

Um dos grandes dentre os judeus de Tiberíades pressionou-o para que lhe revelasse o propósito oculto de sua visita à Palestina. Obviamente, disse, o Rabi estaria preocupado em cumprir uma ação secreta a serviço de Deus; se pudesse ao menos lhe dizer o que era, ele o ajudaria até o limite de suas forças. Quando Nakhman se recusou, o outro lhe pediu que expusesse algo de seus ensinamentos. Porém, tão logo começou a comunicar-lhe o segredo dos quatro pontos cardeais na Terra de Israel, o sangue jorrou-lhe da garganta e ele teve que interromper-se pois "os céus não estavam de acordo".

A peste irrompeu em Tiberíades. Nakhman fugiu, não sem perigo, para Sfat por sendas subterrâneas, através de uma gruta. Em sua tentativa de achar lugar num navio para a viagem de retorno, foi com seu acompanhante até uma nau de guerra turca, que julgaram ser um barco de mercadores. Descobriram o engano demasiado tarde. Após severas privações e todo tipo de peripécias aportaram em Rodes, onde celebraram a Festa de *Pessakh*. De lá, seguiram em sua viagem por Istambul e pela Valáquia. Nesta ocasião, o Rabi fez uma prédica, durante o terceiro repasto sagrado do *Schabat*, sobre o versículo do profeta Isaías (43:2): "Se tiveres de atravessar a água, Eu (=Eu estou) estarei contigo". Na versão que chegou até nós, a prédica termina com as seguintes palavras: "Eu estarei contigo – cuide para que sejas a ferramenta que é chamada Eu". Isto era o que queria declarar a seu próprio respeito naquele momento: de que em sua viagem sobre as águas tornara-se a ferramenta com o nome Eu.

Entende-se a partir daí o que ele adquiriu na Terra Santa, desde então, durante o tempo – não muito mais de uma década – que lhe restou de vida e, em cujo transcurso, construiu seus ensinamentos e sua criação narrativa, que transmitiu repetidamente aos seus discípulos, mesmo que apenas por alusões. Assim, relata que antes de encetar a viagem não podia entregar-se ao sono tranqüilo, pois, a cada vez, as "seiscentas mil" letras da *Torá* o envolviam como se esta tivesse se rompido outra vez em uma incontrolável profusão de letras; mas, desde que voltara da Palestina essa perturbação não se dera mais e ele estava de posse do conjunto dela de tal modo que este jamais se desfazia e se convertia em caos. Ou: em sua juventude amiúde era dominado pela ira e lutava contra ela; mas quebrar um mau hábito não significa que a pessoa já o tenha superado; na verdade, é preciso antes injetar no bem toda a força da paixão que aí se agita: não mais se trata de apenas não odiar, porém de amar o que previamente parecia digno de ódio, com toda a potência da paixão do que antes havia incorrido no ódio, isto – ele só conseguiu na Terra de Israel. E assim também é com o ensinamento. Entre as doutrinas que vêm de fora da Palestina e aquelas que vêm da Terra Santa, dizia ele, há uma distância tão grande quanto aquela que divide o Ocidente do Oriente. Nakhman mandou recolher em um livro apenas as prédicas que pronunciara após o seu retorno, e não as anteriores.

Declarações feitas por ele, às vésperas do *Schabat*, após o lutuoso dia de nove de *Ab*, o da destruição do Templo, nove semanas antes de sua morte, dão um entendimento ainda mais profundo da transformação que ele devia à Terra. Um pouco antes se mudara para uma nova casa, a sua derradeira, de onde olhava da janela para um jardim e, para além dele, o cemitério – lá estavam as sepulturas dos milhares que haviam perecido na grande chacina cossaca; Nakhman as contemplava sempre de novo e, a seu propósito, salientou como seria bom repousar entre os mártires. Foi a sua primeira prédica na nova moradia. Muitos *hassidim*, desde aqueles que eram seus íntimos de longa data até aqueles que acabavam de se lhe juntar, estavam reunidos quando ele adentrou e empreendeu a consagração do vinho. Via-se que estava muito enfraquecido e mal tinha forças para falar. Não voltou ao seu aposento, depois disso, como era seu costume, mas permaneceu sentado à mesa. Mui debilmente começou a falar. "Por que vieram a mim?" disse, "nada mais sei agora, nada sou agora senão um simplório". Repetiu esta frase de novo e de novo. Depois, porém, acrescentou que se mantinha preso à vida somente por ter estado na Terra de Israel. E tão logo o disse, exaltou-se em seu íntimo o ensinamento, o entusiasmo nele se elevou e ele começou a falar do fato de que de uma tal condição de simplicidade do *tzadik* manava uma força vital para todos os simplórios no mundo, pois todas as coisas estão ligadas umas às outras. Porém, a fonte desta força vital reside na terra que fora a terra da mercê, "o tesouro da dádiva imerecida", ainda antes da Revelação, antes mesmo que Israel a pisasse com a *Torá* revelada. A partir daí o mundo ficou preservado no tempo entre a Criação e a Revelação; aqui se encontrava então oculto o ensinamento, as Dez "Palavras" (Mandamentos) do Sinai nas Dez "Palavras" com os quais o mundo fora criado, e este é o ensinamento pelo qual os Patriarcas viveram na Terra. Ela é chamada, por isso, *Derech Eretz*, "o caminho da Terra", quer dizer, da vida correta fora da Revelação e, na verdade, é o caminho da Terra, do País. Visto que o poder das Dez "Palavras" da Criação está escondido nesta Terra e os Patriarcas viveram da força das Dez "Palavras", foi possível a Israel, a quem Deus, por se tratar de "Seu povo", "prometeu o poder de Seus atos (Salmos 111:6)", alcançar a Terra com as Dez "Palavras". Assim a apropriação da terra por Israel constitui o encontro e a vinculação da Criação e da Revelação. A fim de prepará-la, Canaã devia estar primeiramente nas mãos dos gentios, antes que coubesse a Israel; uma vez que, precisamente por isto, os povos não podem dizer a Israel: "Vocês são ladrões, pois se apoderaram de uma terra que não lhes pertence". Por certo, isto é assim apenas enquanto Israel merecê-lo, enquanto satisfizer tal consideração com a santidade da *Torá* que foi revelada e consagra a terra criada, e enquanto lhe seja permitido permanecer em seu país; tão logo, Israel tenha de partir em exílio, a terra entrará novamente no estado de doutrina oculta, das Dez "Palavras" da Criação somente, da dádiva imerecida, da pura graça. O *tzadik* vive dessa força da terra quando cai no estado da simplicidade e é daí que lhe aflui a força vital que, dele brotando, flui para todas as almas simples do mundo, não só de Israel, mas de todos os povos. É precisamente por isso que ele deve, de vez em quando, cair por algum tempo nesse estado de simplicidade. Assim, até no mais profundo imergir repousa o sentido da elevação. E é o que acontece, em alguma medida e de alguma forma, a todos os homens, tanto aos homens de espírito, quanto aos simples: a ninguém é subtraída da fonte da vida, a não ser que ele próprio se retire dela. Por isso, o mais importante é: não desesperar. "O desespero não deve existir!", bradou Rabi Nakhman. "Ninguém deve desesperar-se! Eu os concito, não se desesperem!" Uma grande alegria inflamou-se em seu íntimo. E lhes ordeno que, antes de lavarem as mãos para o repasto, entoassem o cântico, "Louvores eu quero cantar", o qual era usualmente cantado somente depois da bênção do pão, e que, nos últimos tempos, desde que o Rabi ficara tão enfraquecido, não mais fora cantado. "Dá o tom, Naftali", disse a um discípulo. Como este corasse e hesitasse, exclamou: "O que temos a nos envergonhar? O mundo todo foi criado para o nosso bem! Naftali, o que temos a nos envergonhar?" E ele próprio fez coro. "Assim, vimos", escreveu o narrador, "como o ocultamento de Deus se transforma em graça. De um não saber, o Rabi alcançou tal revelação. Ele próprio disse que o ignorar era nele mais extraordinário do que o saber".

Rabi Nakhman não viajou à Terra Prometida por uma segunda vez. Gostaria, disse ele, três anos antes de sua morte de ir de novo, e lá morrer, mas temia que a morte o surpreendesse no caminho e então ninguém haveria de cuidar de sua sepultura, e nem viria visitá-la. Em outra ocasião declarou: "Quero permanecer entre vocês". Porém, a Palestina permeava tudo em seu pensamento. Costumava dizer: "Meu lugar é somente na Terra de Israel. Para onde quer que eu viaje, eu viajo somente para a Terra de Israel". Quando discorria sobre a santidade do País caía, algumas vezes, em tão profundo êxtase que chegava às raias da morte.

Rabi Nakhman de Bratzlav pertence ao número daqueles *hassidim* que, como Rabi Mendel de Vitebski e seus companheiros, aponta com o seu estabelecimento na Palestina, para o novo re-estabelecimento nesta terra. Sob este aspecto, não introduziu, como narrava em seus contos, uma nova era. Mas, como o grande herdeiro que é, fundiu todo o material da tradição em sua glorificação da santidade da Terra, e deu-lhe uma nova configuração. Ninguém, no conjunto da literatura judaica, jamais a exaltou de forma tão diversificada e, ao mesmo tempo, tão uniforme.

Segundo Rabi Nakhman, a Palestina é o ponto de origem da criação do mundo, sua pedra fundamental, e é a fonte do mundo vindouro no qual tudo será bom. É o verdadeiro centro do espírito vital e a renovação do mundo, pelo espírito da vida, também há de partir de seu solo. Nele estão contidos a fonte da alegria, a perfeição da sabedoria e a música do universo. Ele representa o pacto entre o céu e a terra. O aperfeiçoamento da fé procede dele, pois, aí, como em nenhum outro lugar do mundo, é possível entregar-se por inteiro à infinita luminosidade e por ela ser iluminado; dele procede a estrutura do direito, o aperfeiçoamento da justiça no mundo e a superação da ira e da crueldade. É o lugar da paz, onde as antíteses da graça e do poder estão unidas e a unidade de Deus se revela; é aí que a paz é estabelecida no imo do homem, "entre seus ossos", é aí que a paz entre o homem e o homem se estende pelo mundo. Rabi Nakhman acolhe o ensinamento talmúdico de que todas as outras terras recebem a profusão celestial através de mensageiros, por meio dos "príncipes da esfera superior", mas Israel a recebe diretamente das mãos de Deus, Ele mesmo; daí por que é tão difícil para os outros povos avançar até a unidade, enquanto Israel está engastado no "Tu és um", e da Terra de Israel a unidade deverá estender-se a todo o universo do homem. Por isso a Terra de Israel é como se fosse a *Schekhiná*, a "morada" de Deus, Ele próprio.

A terra é a mais elevada de todas as terras, mas também é a mais baixa de todas. Canaã significa "submissão", como está escrito: "E os humildes herdarão a terra". A terra mais elevada submete-se, na mais profunda humildade, e até a sua poeira ensina a lição da humildade. Por isso a ressurreição dos mortos terá seu centro aí. Porém, pela mesma razão, Israel ainda não ganhou de novo esta terra. "Por causa do pecado da soberba não retornamos ainda à terra." Isto é particularmente acentuado: não por que os outros são muitos, mas devido à nossa própria ambição e arrogância é que nós não podemos ter de volta a nossa terra. O obstáculo está dentro de nós mesmos.

Mas a poeira da Terra de Israel tem também uma força "de atração": ela atrai os homens à santidade. Há duas espécies e poderes opostos de poeira: a poeira da Terra de Israel, que atrai os homens à santidade, e uma contra-poeira impura, uma poeira do mundo, que os atrai para o "Outro Lado". Mas esta "contra-poeira" se iguala à pura poeira e se comporta como se fosse ela que atrai à santidade. "Pois neste mundo tudo está misturado e emaranhado." Mas, na realidade, ela não é nada mais do que uma força coagente, uma força enlaçante e enredante. Esta é a "poeira do Outro Lado". Falando com a linguagem de hoje: há um duplo poder da terra sobre o homem. A terra pode exercer uma influência santificadora sobre o homem que nela se assenta e a serve, dado o fato de ela o ligar à sua santidade inerente, e então o espírito do homem é amparado, fortalecido e carregado pela força da terra; ela pode, no entanto, também degradar o homem e sublevar sua força de imaginação contra o espírito; pode negar e renegar as potências superiores e adjudicar todo poder a si mesma. Pureza e impureza, influência sacralizadora e dessacralizadora, se encontram uma frente à outra na natureza essencial da terra. Mas a força pura e santificadora da terra está representada na Terra de Israel.

A ressurreição dos mortos, somos informados, terá seu centro na Terra de Israel. Por isso aí, também a sepultura apresenta sua forma perfeita; somente aí é o lugar do perfeito sepultamento. Pois é dado pela tradição por que ao homem foi imposto a morte: porque no pecado original, através da serpente, introduziu-se em nossa imaginação uma mácula da qual não é possível purificar-se de outro modo, a não ser pela morte corporal. Na morte apropriada e no sepultamento apropriado dissolve-se a impureza introduzida e um novo corpo surgirá num mundo renovado. Tudo isto, porém, só obtém sua perfeição na Terra de Israel. Visto que o triunfo da força de imaginação maculada ocorre através da fé, mas o poder da fé embebeu-se nesta Terra e nela mora e atua. Abraão, o pai da fé, foi o primeiro a revelar este poder sagrado, quando adquiriu para si e para os seus, como propriedade eterna, o túmulo na gruta de Makhpelá.

Aqui, na Terra de Israel, ocorre a purificação do poder da imaginação através da fé. Não é por acaso que os sons das palavras *adama*, solo, *medame*, poder de imaginação, lembram uma à outra: é da terra que lhe vem a plenitude dos elementos. Mas a purificação do poder de imaginação pela fé tampouco pode acontecer em qualquer outro lugar, a saber na terra consagrada, e a terra consagrada é aí, no solo de Israel. Em qualquer outro lugar as fagulhas da fé têm caído na confusa imaginação sobrepostas à terra. Por isso, já os Patriarcas (Êxodo 13:17) tinham que "Deus não os conduzira para fora do Egito através da terra dos Filisteus, que era, no entanto, o caminho mais curto", porém "fizera-os andar de um lado para outro": a fim de que, por esse perambular, em toda parte pudessem cuidar das fagulhas de fé e purificar o poder de imaginação. Deste modo, o homem torna-se digno de receber a perfeição do poder de imaginação purificado e a perfeição da fé na Terra de Israel.

Tudo isto, no entanto, quer o significado da santidade da terra, quer as dificuldades antepostas ao homem que realmente deseja atingi-la, deve ser compreendido em um nível ainda mais profundo.

Porque aí na Terra de Israel, a fé achou o lugar de sua perfeição, porque aí é, em verdade, "o pórtico do céu", onde a esfera superior e inferior se encontram, e a pessoa pode aí entrar de fora para dentro, e aqueles que permanecem fora podem juntar-se aos de dentro, por isso "a perfeição de todos os mundos e a perfeição de todas as almas" daí procedem. Pois esta perfeição brota justamente do fato dos homens poderem se entregar e abandonar inteiramente à luz do ilimitado, mas isto pode acontecer em nenhum outro lugar, exceto aqui, em nenhum outro lugar a gente pode assim, com todo o ser, receber e absorver a luz. Uma vez que, para tanto se faz necessário que os vasos estejam primeiramente perfeitos a fim de que lhes seja possível apreender a luz. E, em compensação, somente a santidade da terra pode realizar a perfeição dos vasos. É por causa disto que é tão penoso chegar aí, para quem almeja alcançar a santidade da terra: para isso é preciso a perfeição dos vasos e para isso é preciso, de novo, a santidade da terra. Aquela depende desta e esta depende daquela. Onde romper neste círculo a contradição? Justamente por isso, quanto maior é uma pessoa, tanto maiores os obstáculos. E, por isso, quem de fato empenha sua alma para alcançar a terra, abre caminho através do círculo da contradição, pois a luz da santidade da terra jorra para aquele que ainda permanece fora e lhe confere a força para romper os óbices, que são os malignos "poderes da casca". O vaso é concluído em sua perfeição e coloca-se a serviço da perfeição de todos os mundos e de todas as almas.

Quando os filhos de Israel adotaram a *Torá* e chegaram à Terra, cumpriu-lhes elevar a santidade desta, a partir da obscuridade para a luz do dia. Quando pecaram contra esta santidade, agora manifesta, por não cumprirem o que lhes fora revelado, e tiveram por fim de abandonar a terra, esta santidade submergiu outra vez na obscuridade e, desde então, eles têm nela vivido e atuado. "A Terra de Israel ainda detém a sua santidade pela força da *Torá* oculta e da dádiva imerecida. E por isso temos sempre em mira, em todos os tempos, retornar à nossa terra. Pois sabemos: ainda agora, toda esta terra é nossa, embora esteja em grande obscuridade".

Ainda que o "outro lado" haja espoliado Israel de sua terra, Israel proclama seu protesto com o poder da prece. Brada: "A terra é nossa, pois é parte de nossa herança". E durante todo o tempo em que protesta a sua reivindicação, a apropriação da terra pelo "outro lado" não é, por decreto divino, uma apropriação autêntica. Mas como se há de reaver esta terra? Cada filho de Israel possui um quinhão dela, cada filho de Israel pode ter um quinhão na sua redenção. À medida que ele se purifica e santifica, torna-se digno de obter e ganhar um quinhão da terra. Somente pouco a pouco a santidade da terra pode ser conquistada. Como isto, porém, deve suceder com o cômputo de toda a vida, de todas as ações e em todos os domínios, é correto que o homem possa, de vez em quando, retirar-se do estudo da *Torá* e ocupar-se com a "via terrena", como dizem os sábios.

Entretanto, quem for considerado digno de estabelecer-se na Terra de Israel, deve sempre se lembrar da grande radiância e iluminação que emanava da terra nos primeiros tempos e deve sempre recordar-se de que a santidade é eterna. E, mesmo quando sua força iluminadora parece ter desaparecido, um rastro sagrado desta força permanece... Com os olhos fitos nela, Israel espera e almeja, a cada época, que uma "nova luz brilhe sobre *Sion*".

Esta terra é uma terra pequena e humilhada – no entanto, a esperança do mundo nela está contida. Quem quer que nela se estabeleça com sinceridade, de modo a relacionar-se com a santidade da terra e ajudá-la a preparar a redenção do mundo, sobre esta pessoa, dentro de sua vida de aparente estrita pobreza, jorra a glória das esferas superiores, as quais anseiam pela união com as inferiores. Tal pessoa come "pão com sal", como os sábios recomendam para "o Caminho do Ensinamento", mas este pão é, de fato, o pão genuíno da terra e dentro dele se encontra recolhida, debulhada, moída e assada a graça da fé. "Na Terra de Israel o pão é tão saboroso que contém todos os gostos agradáveis de todos os alimentos do mundo. Como está escrito: 'Tu não deverás comer teu pão em indigência, nada te deverá faltar'." (Deuteronômio 8,9)

Num de seus relatos, Rabi Nakhman nos conta de um simples sapateiro que come pão seco em seu almoço, primeiramente como se fosse uma sopa bem temperada, depois como um assado suculento, terminando por deleitar-se como se fora um delicioso bolo: nada lhe falta. Será que sua imaginação o ilude acerca da pobreza de sua existência ou sua fé o capacita antes a saborear na comida divina, isto é, o pão, que está oculto no interior dela? Nakhman, que valoriza sempre, como todos os mestres genuínos da doutrina hassídica, a sabedoria da simplicidade, indica que também o patriarca Jacó, a quem foi dado a terra de Canaã (é ele, dentre os Patriarcas, o efetivo destinatário, porquanto nenhum de seus filhos deve ser excluído, pois todos eles juntos já representam o povo de Israel), é chamado um "homem simples". Da própria Terra de Israel, diz Rabi Nakhman, que esta representa a simplicidade. Isto significa, entretanto, que ela representa a verdadeira sabedoria. Pois trata-se de verdadeira sabedoria saborear no pão todos os sabores agradáveis do mundo, e trata-se de verdadeira sabedoria reconhecer o pórtico do céu na pobre e estéril pequenina terra.

APÊNDICE

DITOS DO RABI NAKHMAN

Os seguintes treze "ditos" (*Lehrworte*) de Rabi Nakhman foram encontrados entre os documentos de Buber depositados no Arquivo Martin Buber na Universidade e Biblioteca Nacional em Jerusalém. Cada máxima está registrada em uma folha de papel à parte. Ao final de cada tradução, Buber anotou o original da fonte hebraica de onde o texto foi extraído. Todos os treze "ditos" são do *Likute MoHaRan* (L. M., 1808-1811), dois volumes de compilação, em hebraico, dos ensinamentos de Rabi Nakhman.

O Julgamento

Quem quer que procure o conhecimento da luz oculta, deve elevar a condição de temor ao nível de sua origem. Isto a pessoa consegue julgando a si própria e a todos os seus esforços e atos. Deste modo, um homem derrama todas as suas ansiedades e eleva o temor decaído. Porém, se não julgar a si mesmo, julgá-lo-ão de cima, e o julgamento veste a si próprio em todas as coisas, e todas as coisas do mundo convertem-se em mensageiras de Deus, para executar o julgamento sobre este homem.

LM I, 15: 1-2

Corpo e Alma

Cada homem deve apiedar-se de seu próprio corpo e deve deixá-lo ter uma porção de toda iluminação recebida pela alma. Deve purificar cabalmente o corpo, de modo que este possa ter uma porção de tudo quanto a alma recebe, a fim de que as coisas não mais permaneçam como antes, isto é, que a alma alcance elevação enquanto o corpo nada sabe disto. E se o corpo tem sua porção, então a alma, por sua vez, pode beneficiar-se. Pois, por vezes, a alma cai de grau, e aí o corpo purificado pode ajudá-la a elevar-se de novo com o poder da luz que absorveu. Por isso, Jó diz: "Na minha própria carne, eu contemplo Deus" (Jó 19: 26).

LM I 22:5

Vida

Não há nenhuma diferença entre vida e morte, a não ser esta: que agora uma pessoa habita aqui e, depois, na sepultura. Vida verdadeira, isto é: vida eterna, só existe em Deus, pois Ele vive eternamente. E aquele que está enraizado Nele vive do mesmo modo eternamente, pois ele é um com Ele.

LM I 21:9

O Revelado e o Escondido

Duas coisas Israel proferiu no Monte Horeb: "Nós faremos e nós ouviremos" (Êxodo 24: 7)[1]. Estas duas são: o revelado – isto é, a lei e o mandamento, o que pode e o que deve ser feito – e o escondido que cerca a lei e o mandamento sem entrar neles, dos quais a gente conhece somente na prece, como é dito: "Tu destes ao teu servidor um coração (ouvinte) discernidor" (1 Reis 3: 9), somente na prece, enquanto a pessoa se apega ao que é ilimitado. Estas duas são encontradas em todo o mundo, cada homem possui ambas, cada qual de acordo com seu grau. E quem quer que ascenda a um degrau mais alto, tem seu "Nós ouvimos" mudado para "Nós fazemos" e então recebe um novo "Nós ouvimos", e assim de grau em grau. E dá-se o mesmo com os mundos: o que signi-

---

1. O termo chave nesta passagem da Escritura, *nishmá*, é usualmente traduzido por "nós obedeceremos". Seguindo a intenção homilética de Rabi Nakhman e de outros exegetas tradicionais judaicos, Buber traduziu o termo literalmente por "nós ouviremos".

fica um "Nós ouvimos" para o nosso mundo, é um "Nós fazemos" para o mundo das esferas celestiais, e eles têm um mais elevado "Nós ouvimos", e assim de mundo em mundo.

LM I 22: 9

Alusões

Este mundo inteiro é a vestimenta dos degraus mais baixos da santidade, como que de seus pés. Pois está escrito: "O céu é o escabelo sob os Meus pés" (Isaias 66: 1). Deus limita sua natureza divina desde o infinito até o centro do mundo material, onde está colocado o ser humano. E Ele une cada ser humano ao pensamento, à palavra e à ação, de acordo com o dia, lugar e pessoa, e Ele o reveste, neste particular, de alusões ao modo de trazê-lo para mais perto do Seu serviço. Por conseguinte, cada ser humano deve macerar a si próprio na tentativa de entender as alusões revestidas, para ele, em pensamento, palavra e ação, unicamente para ele, em questões de seu trabalho e seus negócios, tudo exatamente como Deus une dia-a-dia.

LM I 54: 2

Como Deus Ele Próprio se Oculta

Há duas maneiras de alguém ocultar a si mesmo. Uma é que Deus, Ele próprio, na verdade, oculta a Si mesmo, de forma que é muito difícil encontrá-Lo, e mesmo um homem que sabe que Deus está se escondendo dele, pode avançar com dificuldade e encontrá-Lo. A outra maneira é a de Deus esconder que Ele próprio está se escondendo, de modo que o homem sinceramente não sabe de Deus e, portanto, não pode encontrá-Lo. É disto que está escrito: "Eu, hei de ocultar, ocultar" (cf. Deut 31: 18). Então Deus oculta Seu ocultamento, e aqueles dos quais Ele se oculta, não conhecem Ele que está Oculto.

LM I 56:3

Criação Humana

Saiba que o conflito de opiniões se parece à criação do universo. Pois é essencial para a criação do mundo uma certa área desobstruída: sem ela, não teria havido lugar para a criação do mundo. Por isso Deus confinou a luz às margens, de forma que uma área ficasse livre, e nela Ele criou toda a criação através de Sua palavra. Como está escrito: "Pela palavra do Senhor foram feitos os céus" (Salmos 33: 6). E esta é também a maneira pela qual operam conflitos e palavras. Pois em um mundo que contivesse só um único homem sábio nenhuma criação teria acontecido. Somente porque as opiniões estão divididas e cada qual puxa para uma direção diferente, uma área livre, por assim dizer, a desobstruída, e, nela, aconteceu a criação através da Palavra. Pois todas as palavras proferidas em opiniões conflitantes são todas apenas em favor da criação do mundo, que ocorre por seu intermédio no espaço livre entre elas.

LM I 64:4

A Grande Santidade

Há um grande *Tzadik*, tão grande que o mundo não pode abrigar sua santidade. Daí por que ele se oculta muito, sem que se torne aparente qualquer santidade particular ou reclusão. Isto é semelhante ao Cântico dos Cânticos, dos quais é dito: "Todos os cânticos são um santuário, mas os Cânticos dos Cânticos é santo dos santos" (*Mischná Iadaim* 3:5). O Rei Salomão, a paz seja com ele, escreveu três livros. Dois deles, Provérbios e Eclesiastes, estão repletos de ensinamentos morais e de temor a Deus, e contêm freqüentes menções à pureza e à piedade, porém o Cântico dos Cânticos evita tais palavras. Por causa do grande poder de sua santidade, nenhuma espécie de santidade salta à vista.

LM I 243

Sofrimento e Alegria

Às vezes, quando as pessoas estão alegres e dançam, podem perceber uma pessoa que está isolada em seu sofrimento. Elas o arrastam à sua roda de dança e a forçam a ficar feliz em conjunto com todos. Isto também é o que sucede no coração de uma pessoa que está alegre: a tristeza e o sofrimento se afastam para as bordas, mas é considerado uma virtude especial envolvê-los corajosamente e transformar a tristeza em alegria, de modo que todo o poder do sofrimento seja modificado em júbilo.

LM II 23

Uma Grande Vantagem

É uma grande vantagem alguém ainda ter uma inclinação para o mal. Pois então esta pessoa pode servir a Deus com o próprio pendor para o mal, o que significa dizer: a gente pode apresentar toda a chama e todo o fervor, e oferecê-los ao serviço de Deus. Porém, se alguém não dispor de inclinação para o mal, tampouco terá serviço completo. É essencial na hora do desejo conter o fervor e dar-lhe largas na hora da prece e do serviço.

LM II 49

Quem Quer Que Tenha Um Coração

Quem quer que tenha um coração é indiferente ao espaço e ao lugar; ademais ele próprio é antes o lugar do mundo. Pois o divino está no coração, como consta do Salmo: "A rocha de meu coração!" (Salmos 73: 26). E Deus diz a Moisés: "Veja, há um lugar (*makom*) perto de Mim" (Êxodo 33: 21). Pois Deus, como sabemos, é o lugar (*makom*) do mundo, o mundo não é o seu lugar[2]. E também assim é com a pessoa que tem um coração, porque a divindade está no coração. Não é preciso alguém com o coração de um israelita para dizer: "este lugar não me convém". Pois lugar e espaço não devem importá-lo, porque ele é o lugar (*makom*) do mundo, o mundo não é o seu lugar.

LM II 56

Acima do Tempo

O entendimento humano não consegue compreender que Deus está acima do tempo. Mas sabe que o tempo existe unicamente porque nós não entendemos, porque nossa compreensão é pequena. Pois quanto maior nosso entendimento mais o tempo desaparece. Num sonho vivemos por setenta anos e nos damos conta, ao acordar, de que se passou um quarto de hora. Neste sonhar acordado de nossa vida, vivemos por setenta anos e acordamos com uma compreensão mais elevada em que nos damos conta de que se passou um quarto de hora. Nunca podemos alcançar com nossa diminuta compreensão o que iremos notar com nosso en-

---

2. "O lugar" (*Ha-Makom*) é uma designação tradicional para Deus.

tendimento mais elevado. Mas o entendimento perfeito está acima do tempo.

Depois que o Messias experimentou o que experimentou desde a criação do mundo, e sofreu o que sofreu, Deus lhe disse: "Tu és meu filho, Eu neste dia te gerei" (Salmos 2: 7).

LM II 61

Tumulto Interior

É muito bom dialogar em solidão e silêncio com nosso Criador, recitar Salmos para Ele e preces de súplica com todo o coração até que a pessoa seja dominada pelo pranto de tal modo que chore a Deus como uma criança chora para seu pai. Porém, estar imerso em prece com o propósito de chorar não é um bom empenho. Pois então, ela não pode mais dizer o que quer que seja com todo o seu coração, e o grande, o verdadeiro pranto não mais se elevará em seu íntimo. Além disso, pensamentos sobre a prece pertencem ao reino dos "estranhos pensamentos", que previnem o desvio completo da alma em direção a Deus.

LM II 95

COLEÇÃO PARALELOS

1. *Rei de Carne e Osso*
   Mosché Schamir
2. *A Baleia Mareada*
   Ephraim Kishon
3. *Salvação*
   Scholem Asch
4. *Adaptação do Funcionário Ruam*
   Mauro Chaves
5. *Golias Injustiçado*
   Ephraim Kishon
6. *Equus*
   Peter Shaffer
7. *As Lendas do Povo Judeu*
   Bin Gorion
8. *A Fonte de Judá*
   Bin Gorion
9. *Deformação*
   Vera Albers
10. *Os Dias do Herói de Seu Rei*
    Mosché Schamir
11. *A Última Rebelião*
    I. Opatoschu
12. *Os Irmãos Aschkenazi*
    Israel Joseph Singer
13. *Almas em Fogo*
    Elie Wiesel
14. *Morangos com Chantilly*
    Amália Zeitel
15. *Satã em Gorai*
    Isaac Bashevis Singer
16. *O Golem*
    Isaac Bashevis Singer
17. *Contos de Amor*
    Sch. I. Agnon
18. *As Histórias do Rabi Nakhman*
    Martin Buber

Impressão e Acabamento
Bartira
Gráfica
(011) 4123-0255